TO

御崎兄弟のおもひで献立
～面倒な幽霊事件簿のはじまり～

JUN

TO文庫

人物紹介
御崎司（みさきつかさ）
怜の兄。若手警察官で期待のエース。両親を事故で亡くしてからは怜の親代わりとなる。怜に関しては心配性なブラコン。幽霊は見えない。
?
御崎怜（みさきれん）
自称・一般的な男子高校生。兄においしいご飯を作るのが生きがいで、その邪魔となるため、面倒ごとが嫌い。最近の困りごとは、幽霊が見えるようになったこと。

プロローグ

　れんこんの四分の三をすりおろし、残りをみじん切りにして混ぜ、塩と片栗粉を入れて更に混ぜる。それをふたつに分けて丸め、軽く押さえて平らにし、両面を焼いて取り出す。今度は鶏ミンチをごま油で炒め、だし汁、しょうゆ、砂糖、酒、おろししょうがを加えて水溶き片栗粉を入れてとろみを付け、そこに焼いたれんこん饅頭（まんじゅう）を戻して絡ませ、鉢に入れる。パンと叩いた木の芽を飾れば、あんかけれんこん饅頭のできあがりだ。

「よし。いい照りだ」

　形が崩れていないことを確認し、テーブルに運ぶ。当然、より形の良い方が兄の分だ。

　ほかには、サワラの西京焼き、ほうれん草のごま和え、大豆と川海老の佃煮、桜エビごはん、豆腐の味噌汁だ。

「お、美味そうだな」

　手を洗った兄が洗面台から戻ってきて、一緒にテーブルに着いた。

「いただきます」

　揃って手を合わせ、まずは兄がれんこん饅頭を一口食べる。

「もちもちしてて美味いな。それにあんのとろみ具合と味もちょうどいい」

ほっとして、僕もれんこん饅頭に箸を入れる。

もちもちとした食感で、口に入れると、れんこんの香りがほのかにした。あんは優しい味とろみにしたが、うん、うまくいった。

「学校はどうだ」

兄が訊く。

「うん、問題ないよ。ただ、山の上にあるのだけがちょっと」

先日入学したばかりの高校は、眺めはいいが、登下校が少し大変だ。よく運動部の連中は外周を走れるな。走って上ることがないように、絶対に遅刻ぎりぎりの時間にはならないようにしよう。

答えながらそう心の中で決意した。

「卒業する頃には足腰が鍛えられているんだろうな。でも、怜がもう高校生か」

兄が小さく笑って、感慨深そうな目をした。

「突然二人っきりになったときは、急に家が広くなったように感じられて寂しかったものだが、いつの間にか慣れたな」

と言って、リビングダイニングを眺める。

四人がけのテーブルに、かつては両親と兄と四人で着いていたのに、今は僕と兄の二人だ。

いや、厳密に言えば確かに着いているのは二人だが、テーブルのそばに女中か何かの如く立っている人がいる。

しかし、この人は、普通ではない。

「あ」

どう扱えばいいものかと少し考えたのが悪かったのか、手元が狂って、手をテーブルの上の醤油差しにぶつけてしまった。

倒れれば醤油は間違いなくズボンに垂れるな、しみ抜きしないと、と思ったが、なぜか醤油差しはくるりと回転して、一滴の醤油もこぼすことなくテーブルの上にきちんと戻った。

「……」

「ははは。危なかったな」

「そうだね。セーフだ」

言いながら、こっそりとアシストしてくれたその人に目で礼を言う。

そう、このテーブルの横に立っている人というのは、普通の人ではない。幽霊だ。くたびれた感じのスーツを着た中年の男で、顔色が悪いのは、生前からかどうなのかはわからない。

買い物帰りに目が合い、そのままついてきてしまった霊で、名前も死因もわからない。

食い入るように買い物袋を見つめ、何を訊いても答えず、後をついてきた。そして、料理をするのを横から食い入るように見つめており、やりにくくて仕方がなかった。

今は、テーブルの上に並ぶ料理を見つめていて、食べにくいことこの上ない。

目をそらしてベランダの方を見れば、外の電線を鉄棒代わりにして練習している体操選手の霊が見えた。

兄にはこれらの霊は見えていない。僕だってついこの前までは見えていなかったのに、ちょっと事情があって、今はこうなった。

思い残したことがあるのか。どうすれば成仏してくれるのか。まるっきりわからない。

「あの頃はまだ甘えて後をついて回っていたのに、すっかり成長したなあ」

そう言われると、恥ずかしいような気持ちになる。

動揺して、ポロリと大豆が落ちた。

落ちた大豆を目で追うと幽霊の足下で止まったので、手を伸ばしたものの、拾うのを躊躇してしまう。

幽霊は身をかがめて大豆を拾い、無表情を初めて崩して歓喜の表情を浮かべると、大豆を掲げあげた姿のまま消えていなくなってしまった。

どういうことだろう。お腹が空いていたのか？　それで、豆をお供えしたような形になったので、気が済んで成仏したとでもいうのだろうか。

誰かに確認しようにも、誰に言えばいいのか見当も付かない。

まあいいか。消えたんだしな。

面倒くさいのでそういうことにしておいて、食事に戻る。

「進路を決めるのはまだ先だが、将来どうしたいとか、漠然とでも考えていることはあるのか」

　訊かれて、素直に答えた。

「面倒くさい事はなるべくさけ、安全な毎日を送りたいと思ってるよ」

「何だそれは」

　兄は冗談だと思ったのか笑い、

「ん、これも美味い。香りもいいな」

　とごはんを食べた。

　まだこの時は、僕も知らなかったのだ。この先、色んな幽霊に出会い、たくさんの面倒に巻き込まれることになることを。

第一話　あじの開きと切り干し大根　～憑いてきたロープマフラー女子～

家に入る前にポストを覗（のぞ）くと、夕刊とエステのチラシ、封筒が二通入っていた。一通は兄、御崎（みさき）　司（つかさ）宛てで、もう一通は僕、御崎　怜宛て。

エステには興味はないが、そこに記されていた「体質改善」という文字に、ちょっと目を留めた。

高校の入学式の前日、僕は掃除中に不注意にも頭を押し入れの段にぶつけてしまったのだ。それでどうも、体質が変わってしまったらしい。つまり、幽霊が見えたり、会話したりできる体質に。

そんなバカなことがあるわけないと思ったのだが、外に出たら、交差点で車にはねられ続ける透けた人が見えたり、マンションから何度も落ち続ける人が見えたのだ。頭を打ったせいで脳に異常が出たのか、よろけて仏壇に当たって位牌（いはい）を倒したせいなのか、それはよくわからない。ただ間違いなく、これまで見えなかったものが見えるし、たまに「見えてるんでしょ」とか言ってグイグイこられたりする。

見えない体質に戻れるものなら戻りたい。

どこの誰が何歳かというのを業者はよく把握しているもので、二十八歳の兄には婚活関連のものがこの頃届くし、高校入学したての僕には教材や資格取得のメールが届く。

ウチの両親は六年前に交通事故で亡くなったのだが、兄はそれから親代わりになって僕を育ててくれていて、僕がせめて大学を卒業して就職するまでは結婚しない、と公言しており、この婚活パーティーへのお誘いの封書も、このままゴミ箱行きになるのは間違いない。だが、一応、リビングの座卓の上に置いておく。

僕宛てのは自己啓発セミナーへのお誘いで、即、ゴミ箱行き。

まずは手洗いをし、自室に入ると着替えをして、空の弁当箱をカバンから出してキッチンの流し台に置く。そしてリビング奥のベランダへ出て、洗濯物を取り込みながら、眼下の警察署を観察する。

兄は警察官、刑事という職業で、我が家のすぐ裏にあるこの警察署に配属されている。それでなんとなく忙しそうなら、帰りが遅くなるか帰れないかという事になり、いつも通りなら、早いという事が予想される。

今日は、暇そうだな。

リビングに入り、洗濯物を畳んだら、エプロンを着け、ポケットにスマホを入れる。

家事は分担制で、以前は炊事は兄の担当だったのだが、中学に上がってからは僕がしている。今日はあじの開きに切り干し大根の煮物、きゅうりとカニカマと錦糸卵の酢の物、豆腐とわかめの味噌汁。ご飯を炊くために炊飯器をセットし、切り干し大根を水で戻しながら、風呂場に行って風呂を洗う。

ふと、鏡に映った自分と目が合う。身長はほぼ平均で、痩せてもおらず、太りもせず。顔はまあ普通だろうが、友人からは、面倒くさそう、つまらなそう、無表情などと言われ、女子にとりわけてモテた覚えはない。

この普通感に反して特筆すべきなのは、「無眠者」であるという事だ。一日に短時間しか睡眠を必要としないショートスリーパーというのがいるが、僕のはもっと短く、一週間に三時間ほどしか必要としない。これはメカニズムとかが不明で世界でも珍しい部類の体質らしいが、特に不都合を感じていないどころか、その時間を有効活用して、これまで常に席次は三番以下へ落ちたことはなく、学区一の進学校への合格を果たし、兄の胸をなで下ろさせた。それに、常備菜の作り置きや僕の弁当作りもできるし、本を読む時間も十分にある。

ああ、今はもう一つ、幽霊が見えるのも特筆すべき点になるのか。別に、したくはないんだが……。

リビングへ戻り、切り干し大根を絞って、人参、うすあげ、煮汁と一緒に火にかける。うちは母が関西出身で、食事の味付けは関西風だ。

続いてきゅうりをスライサーでスライスして塩でもんで水でさっと塩を落とし、カニカマを裂き、作り置きしてある錦糸卵を出して混ぜ、三杯酢で和える。味噌汁用の小鍋には水と粉末のだしの素を入れた。後は、兄の帰るメールを見てから調理すればいい。

さて、ひと通り用事が済んだところで、こいつか。

ロープマフラー女子の幽霊に、向き直った。

彼女は今日、学校帰りに公園で目が合い、そのままついて来られたのだ。最初は首を絞めてきたのだが、暴れてやめてくれるように言ったら、やめてくれた。代わりについて来たのだが。

兄にも何もせずに大人しくしていると言うので、面倒くさいし、除霊とかも何もできないので、まあいいかと。

でも、こんなふうに首にロープを巻いた顔色が恐ろしく悪い女の子についてこられても、ほとほと困るというのが本心だ。

「ええっと、名前を聞いた方がいいのかな」

「佐々木英子です。高校二年生」

先輩か。

「では佐々木先輩。あなたはどうして公園にいて、首を絞めようとしたんですか」

「失礼しました。あそこで殺されてしまったんですが、何か悔しいので、他の誰かも殺してやろうかと」

「はた迷惑な……」

「すみません……」

うなだれる佐々木先輩に、嘆息する。

「過去は過去として、新たな人生を歩んではどうですか」

佐々木先輩はキッと顔を上げてこっちを見ると、

「嫌です。せめて犯人が捕まるまでは成仏できません。捕まらないならやっぱりあそこで悔しく死んだ仲間を増やします」

と宣言した。

そんな友達百人、凄く嫌だな。

「犯人、誰なんですか。なんとか僕から伝えて、逮捕してもらいましょう」

「それが……その……暗かったし、突然だったし、知らない人だったし……」

困ったぞ。

「手伝ってくれるんですか」

意気込んで佐々木先輩が言う。

「え。ああっと、ううん、できる範囲でなら……」

あの公園は学校への通学路なのだ。これからあそこが連続変死スポットになるのは困るので、面倒だが、手を貸すのもやぶさかではない。

「見つかるまであなたに取り憑きますから」

「ええっ」

「見つからなかったら、予定通りあなたに仲間になってもらいますからね。フフフ」

えらいことになった。これは死ぬ気で捜さないと……。

その時ポケットのスマホが振動し、確認すると兄からの帰るメールだったので、あじの開きと味噌汁に取りかかる。

ほんの五分で、兄が帰宅する。

「お帰り」

「ただいま。何か変わったことはなかったか」

いつものやり取りだ。が。

「うん、特には」

嘘だ。僕の横にロープマフラー幽霊の佐々木先輩が立っている。

「そうか」

兄は頷くと、洗面所へ入って行った。

しっかりと鍛えられて適度に筋肉の付いた体、背は少し高めで、クールでハンサムな上にスポーツ万能で頭脳明晰。学生時代からモテていたが、今ではそれに「期待の若手エース」も加わり、上司にまで注目されているらしい。羨ましいことだ。とても敵わない、自慢の兄だ。そして、感謝してもしきれない。なので、

「絶対に兄ちゃんには何もするなよ。もし何かしたら、教会でも寺でも駆け込んで祓ってやるからな」

と、佐々木先輩に強く念を押しておく。

着替えた兄と向かい合って夕食をとりながら、今日あったことなどを話す。

「クラブ活動はしないのか」

「面倒くさいから、いいよ」

「後から思えばいい思い出にもなるし、何かやってみたら。意外と面白いかもしれないぞ」

「まあねえ。それよりちょっと噂で聞いたんだけど、そこの公園で、前に女子高生が亡くなった事件とかあったんだって？」

「ああ、二年前くらいになるかな。美味いな、切り干し。あじの塩加減と脂の乗り具合もいい。そう、深夜に公園の遊具にロープをかけての首吊り。怜は悩みがあったら小さなことでも言うんだぞ。いつでも俺は怜の味方だからな」

「うん、ありがと。でも、それじゃ、自殺？」

「学校の男子生徒に振られたほか、アイドルオーディションに応募して落ちたのにも相当落ち込んでいたらしいからな。悲鳴や争うような声も聞かれていないし、不審な点はなかったから、自殺ということで終わったな」

話が違うと横目で佐々木先輩を窺うと、プルプルと首をふっていた。

「その、自殺に見せかけた巧妙な殺人、とかの可能性は」

「ドラマかミステリー小説じゃないんだから」

兄は呆れたように苦笑し、

「だよなあ」

と僕もあわせておく。

後片付けも済ませ、自室に入るや否や、佐々木先輩に向き直る。

「どういうことですか」

「そういうことになっちゃってるのよ。首に何かが巻き付いて苦しくて、気付いたらジャングルジムからぶら下がってたから」

「悩んでたんですか」

「悩んでなくはないけど、死ぬほどじゃないわ」

「恨まれていた覚えは」

「さあ」

「アイドル？」

「いやあん、恥ずかしい。ちょっと見る？」

頼んでないのに、アイドルグループの曲を歌って踊り出した。その見た目でやられてもアイドル感ゼロなんだがなあ……。

どこから手をつけるべきか考えていると、スマホが振動しだした。幼稚園からの友人、町田直だった。

明るくて、人懐っこくて、顔が広く、要領がいい。ウチの事情も僕の無眠体質も承知していて、幽霊が見えるようになったのも、一緒に通学していたら、一発でバレた。

「あ、ボク。怜、今いいかねえ？」

「ああ」

「司さんに言った？　霊のこと」

「言ってない。やっぱりこれ以上心配とか負担とかかけたくないし。ちょっと、佐々木先輩、邪魔しないでください。ひとりリサイタルはもういいですから」

「え、なになに、女の子？　司さんにばれたら機嫌悪くなるよう、ブラコン気味なんだから」

「今日憑いて来た幽霊だ、そんなんじゃない」

「え、なにそれ」

そこで僕は、公園で目が合ったところからつい今しがたまでを、話して聞かせる。

「で、どうしたものかと思ってな」

「ううん、ボクも考えとくよ。じゃ、また明日ねえ。お休み」

「お休み」

電話を切ってなんとなく顔を向けた先に、恨めしそうな佐々木先輩がいた。

ああ、驚いた。

「そんなんじゃないって、ちょっと傷ついたわ」

「事実でしょう」

「女の子はデリケートなのよ、死んでも」

「失礼しました」

ああ、面倒くさい。

スライスハムとスライスチーズのホットサンド、ヨーグルト、コーヒー。我が家の朝は、パンだ。兄と佐々木先輩とテーブルを囲んで朝食を済ませると、僕の方が先に出る。なんと言っても、兄は通勤時間約五分だからな。

「行ってきます」

「気をつけてな」

「兄ちゃんもな」

マンションを出たら向こうから歩いて来た直が着いたところだった。ドアを開けるところからここまで、いつも同じ流れだ。

いや、今日は直がいつにも増して興味津々な猫のように、僕のまわりをキョロキョロと見まわす。

「見えないだろうけど、ここにいるぞ。カトリーヌ女子の、佐々木英子先輩だ。永遠の十七歳。先輩、こいつが昨日話した友人、直です」

「初めまして、町田　直ですぅ」

若干視線の向きがずれているな、と思ったら、佐々木先輩が直の視線の先に合わせて移動した。

「佐々木英子でえす。特技はリリアン編みで、ダンスは小学校の時からやってました。主に盆踊りを」

そりゃあ、落ちるな。アイドルのオーディション。

そう思ったが、佐々木先輩の声は直には届いてない。

「まあ、行くか」

二人、いや三人で並んで、学校へ向かう。

「例の件だけど、アイデアは浮かんだかねえ？」

「目撃者捜しはとっくに警察がやってるし、防犯映像は僕らが見ることはできないし、本人の記憶はあてにならないし、困ったもんだな」

「一度殺されてみたらわかるわよ、そんな余裕ないって」

いらん、そんな体験。

「確実なのは、男で、年齢は中学生以上五十代までで、その日の服装はとりあえず上が黒か紺の綿Tシャツ、と」

「犯人候補、多いねえ」

「犯行が行われたのは、二年前の三月三十一日午後十一時五十分頃、場所は三角公園」

「本人的には恨まれるような覚えはないそうだぞ。まあ、知らぬは本人ばかりなり――ってのは、珍しくないだろうけど」

「そうだよねえ。逆恨みなんかも、まるで本人には自覚がないだろうしねえ」

僕と直が真剣にわかっていることを整理していると、佐々木先輩が思いついたように言った。

「もしかして私に一目ぼれした誰かが、かわいさ余って憎さが百倍とかで。ああ、罪な私。そう思わない？」

無視だ、無視。

「同じ時間帯に公園に行ってみるか。近所の、ストレスを溜めたヤツかもしれない」

「何とか言いなさいよう！」

ドアップで迫るな。

「あれえ。もしかして、佐々木先輩何か言ってるかねえ？」

反射的に身を微妙に引いたので、直が感づいたようだ。

「……気にするな。大したことはない」

「キイイーーッ！」

「どうでもいいけど、はたから見たら、この会話、変だろうな。佐々木先輩の姿は見えないし、声も聞こえないんだから。先輩、人前では答えませんからね。変人とは呼ばれたくないので」

「ケチ！」

「ボクも話してみたいなあ、カト女のお姉さま。きっと、美人でお淑やかなお嬢様なんだよねえ」

直が夢を見るように言う。直、あんまり女を神聖視するな。将来、騙されてえらい目に遭うか、女嫌いになるか、どっちかだぞ。

「まあ、あれだ。とにかく今夜から、公園を中心に歩き回ってみるよ。兄ちゃんが寝たら」

「じゃあボクは、塾とか学校とかで話を聞いてみるよ。大人や刑事さんに聞かれるのと似たような年代のもんに訊かれるのとじゃ、違うだろうしねえ」

「悪いな。頼む」

　これで何かわかればいいんだが……。


　その深夜。僕は佐々木先輩と付近を徘徊（はいかい）していた。見えない人には独り歩きだが、見える人なら、卒倒ものだろうな。

　一晩中歩くのは構わない。それより、兄が目を覚ましそうで、出るのに苦労した。見つかった時のために、言い訳を考えておかなければ。

　時々徒歩や自転車の人とすれ違うものの、ほとんど誰も通らない。近所の変質者ではないのか。もしくは引っ越したのか。

　直が何か情報を仕入れて来てくれるのに期待したい。

「静かねえ」

「そうですね。先輩はこんな時間に、何をしてたんですか」

「公園でダンスの練習をしてたのよ、塾の後。見せてあげようか」

　佐々木先輩はふわりと離れて、踊り始めた。正直に言うとアイドルオーディションには落ちそうだったが、楽しそうで、一生懸命で、言葉が見つからない。この人の人生を勝手に終わらせる権利なんて、誰にもなかったはずだ。

「一緒に踊る？　東京音頭」

「遠慮しておきます」

「月がきれいねえ。あ、流れ星！　元気で長生きできますように」

いや、もう死んでるだろ。


翌日、昼休みに直と中庭の噴水のへりで弁当を広げながら、報告会を開く。

「今日も美味しそうだねえ、怜の弁当」

昨日の夕食の煮物に、チキンの柚子胡椒焼き、いんげんの胡麻和え、うずらの卵とミートボールをつまようじに刺したの、こんにゃくの炒り煮、かつお節を真ん中に挟んだご飯。

「そうか？」

「チキン一切れちょうだい、代わりにから揚げあげるから」

交換し、まずは食べてから話し始める。

「結果から言うと、恨まれてたようではないねえ。皆、明るくて個性的とか、ズレてるけどそこが面白いとか、空回ってたりとんちんかんなところもあるけど憎めないとか言ってたねえ」

「ひどい、それ誰が言ったの!?　ちょっとあんた、通訳しなさいよ！」

ギャアギャア喚く佐々木先輩は完全に無視して、二人でウウムと唸る。

「やっぱり、通り魔的犯行なのかな。近所を歩き回ったけど、犯人と思われる人物に再会もしなかったたし、何かを思い出す事もなかったたな」

「お手上げだよねえ」

「参ったなあ。何でもいいから、何かないんですか、先輩」

「そんな事言われても……ええと、身長は私より高くて、私よりガッチリしてたわね」

直に通訳してやるも、役に立つ情報とも言えなくて、揃ってガックリと肩を落とす。

「しかたないじゃない、もう！」

「じゃあ、塾から公園までの間、何かありませんでしたか。ぶつかった、じろじろ見られた、見るなと言われた、何かを落とした、踏んだ、聞いた、笑った。何でもいいです」

佐々木先輩は首を傾げて考え込み、

「駅の近くでサラリーマンみたいな人にあったわね、そういえば。ゴミ箱を蹴ってて、こっちに気づいたら凄い目で睨んできたけど。あとは、コンビニの近くで女装してるゴスロリの人をマジマジと見て、舌打ちされたわ。それと、減量中のボクサーって感じの人の前で、缶ジュース飲んでたこ焼き食べたけど」

と申告してくる。

直に伝え、想像してみる。

「結構、ゴスロリは心に痛いかなあ。ボクサーも辛いだろうねえ、ソースの匂いは」

「殺すほど？」

「個人によって、許せる限度は違うからねえ」

「まあな。順番に捜し出して実際に見てみたら、ピンとくるかもしれないな。というか、きてほしい。先輩、きそうですか」

「多分ね。感覚でわかるわよ」

なんか怪しい気がするが、わかってもらいたいものだ、是非に。

次はこの三人の特定をすることにして会議を終了した時、昼休み終了のチャイムが鳴った。

今日の放課後は、まず特定しやすそうなボクサーとゴスロリだな。サラリーマンはどうしよう。駅で乗り降りする利用客をジッと見るか？

はああ、本当に面倒だ。


丼にご飯を盛り、ステーキソースを軽く回しかけ、焼いてステーキソースを絡めた牛肉を敷き詰めるように乗せると、冷凍卵で作った温泉卵を真ん中にはめるように置き、小口切りの青ネギをパラパラとかける。あとは常備菜のひじきと冷や奴、玉ねぎとわかめの味噌汁。

意外と手間のかからない、簡単ご飯だ。

ご飯と肉に崩した卵を絡ませて、一口。

「ん、美味い」

と兄は満足そうな顔をする。

「卵、いつものヤツか？」

「うん。冷凍したら、黄身が濃厚になるから」

「へえ、そうなのか」

　ノンアルコールビールを一口グイッと飲んで、こっちを見る。

「怜、何かあったのか。この頃何かおかしいような」

　ギクリ。

「別に。まあ、高校に入ったら、色々と中学とは違ってたりするからかな。そう言えば、高校から電車通学になったヤツが言ってた。ラッシュって、想像以上に疲れるって」

「ああ、ラッシュな。イライラして諍（いさか）いも起きやすいし、スリやチカンも出るしな」

「一時期よくテレビでもあったよね、チカンに間違われて、線路へ降りて逃げるっていうの。線路に降りるのはどうかと思うけど、チカンに間違えられたら逃げたくなる気持ちはわかるな。出勤時間は迫ってるし、周りは皆自分がやったと思ってるような気がするし、一度犯罪者とされたら仕事もクビだろうし。本当にやってたらともかく」

「ああ。でも、危険だし、何より、きちんと申し開きをするべきだ。最近は勘違いや冤罪（えんざい）もあるから、被害者の意見だけを鵜呑（うの）みにすることもないしな」

「そうだよなあ。あと、これはラッシュじゃないんだけど、終電くらいの時間、やたらと腹を立てたサラリーマンが駅から出てきたらしいよ。あれは何だろうな」

「酔った上でのケンカとか、寝過ごしたとかで家までの電車がなくなったとか、そんなヤツかな」

「ふうん。色々あるんだな」

「怜。何か隠してるな」

「え」

「正直に吐け」

声は静かなのに、目が怖いし、迫力がある。こうして被疑者は、口を割るのだ。

無眠者とわかった時も影響は無いのかと凄く心配してくれたし、両親が亡くなってからは自分の事は常に後回しで、いつもいつも僕の事を優先しようとする。幽霊が見えるとか言ったら、どうするんだろう。今ここにいるとか犯人を見つけないと取り殺されるとか言ったら……。

「まあ、いい。本当に困ったことになる前には言いなさい」

「はい」

兄は笑って、食事に戻る。

兄ちゃん、男前だなあ。


夜中。時間が余りまくる僕は、佐々木先輩と向かい合いながら、話し合っていた。丑三つ時に、ロープマフラーな先輩と、殺人の話。我ながらマヒしてきたのかな、恐怖が。

「今のところ、例の三人のうちの誰かが犯人か、もしくは、完全な通り魔だと思う。でも通り魔なら他に同じような事件が起こってないのは不自然だろう。だから、あの三人を調べるしかない」

「そうね」

「明日は日曜なので、ボクサーとゴスロリを捜しましょう」

「わかったわ」

「この際動機はとりあえず後回しです。世の中には、常人には理解できない理由で人を殺すヤツもいますから。それより問題なのは、会えば本当にわかるのかどうか、です」

「そう、ねえ」

トーンダウンしやがったな、先輩。

「わかるんですよね」

「多分……」

「……」

「……」

「わからなかったらおしまいですからね。手はないんです。死ぬ気で——」

死んでたな。

「根性で、犯人につながる何かを思い出すように」

「努力するわ」

ぜひそうしてくれ。

「お兄さん、カッコいいのね」

「自慢の兄です。ちょっと心配性っていうか、直とか知人にはブラコンと言われるんですが」

「あら。君も結構ブラコンよ、おあいこだわ」

　え、まさか……。


　翌朝、いつものやり取りの後、一階玄関を出て直と一緒になったところで、女性と鉢合わせた。大きなコンビニ袋を二つぶら下げていたが、片方は全て缶ビール、もう片方は弁当と総菜と冷凍食品しか入っていないのが透けて見えていた。食生活が乱れているな。どうでもいいけど。

「おっはよう、怜。先輩」

「おはよう、直」

　じゃあ行くか、と彼女から離れかけた時、彼女が何か言いた気にこちらを――正確には先輩を見ているのに気付いた。

　見える人なんだなあ。朝っぱらからとんでもないものを見せてしまって申し訳ないなあ――いや、僕のせいじゃないな、これは、とか考えながら行こうとしたのだが、いきなり腕を掴まれた。

「ちょっと待ちなさい！　あなた、憑いてるわよ」

　はい、知ってます。

「悪いものよ、取り殺されるわよ」

「いや、結構素直で単純——あ」

慌てて口を塞いだが、もう遅い。佐々木先輩が怒っていた。

「失礼ね！　誰が単純よ！」

「すみません、口が滑って、じゃなくて」

「あなた、もしかして見えてる——いいえ、会話できるの？」

女性に鋭い目を向けられ、助けを求めて直を見るが、僕と同じく、直も動揺していた。

「来なさい」

「いや、用が」

「命より大切なこと？　いいから来る！　そっちの君も来なさい」

うむを言わさずとはこういうのを言うんだろう。エレベーターに引きずり込まれ、三階で降りる。そしてなぜか我が家の方へと進んで行くではないか！

なぜうちを知っている、こっちが知らないだけで向こうは僕を知っているのか、それよりとうとう兄ちゃんにばれる！　とひたすら困っていると、ひとつ手前——隣のドアを開け、僕らを中へと入れた。

「え、お隣さん？」

「え、そうなの？」

見つめあうこと、約五秒。

「初めまして。御崎　怜です」

「辻本京香です。一週間前に越してきたばかりでェ」

「ボク、友人の町田　直ですぅ。よろしくお願いしますぅ」

「よろしくね。さあ上がって――じゃない！」

　僕らは並んで、リビングのフローリングの上に正座した。

　向かいから油断なくこちらを見ている辻本さん――霊能者だった。霊能者なんて初めて見たな――に、洗いざらい僕らは白状させられた。

　はああ、と溜め息をついて、辻本さんが腕を組む。

「あのね、霊なんていつなんどき襲って来るかわからないし、ただでさえ憑かれてたら霊障とかで体調が崩れたりするのよ。今すぐ祓いなさい、やってあげるから」

「待ってください。佐々木先輩は犯人さえ捕まえられたら気が済むんです。無理やりじゃなく、少しだけ待ってもらえませんか。先輩の話を聞けばわかるでしょう。悪霊なんかじゃないって」

「だめよ」

「怜君、いいこと言うわあ。悪霊になんてなるものですか、このおばさん！」

　佐々木先輩がプンプンとするのに、辻本さんは平然としていた。

「先輩、失礼ですよ」

「え？」

辻本さんがキョトンとする。

あれ？　こういう時、何の反応もないものなのかな。二十代後半の女性の反応にしては、妙じゃないか？

もしかして、と考え付いた僕は、佐々木先輩に耳打ちをして、あるお願いをした。

「わかったわ。おばん。ブス。アル中の女子力ゼロババア」

うわあ。怒りそうな悪口を言ってみてくれと頼んだのは僕だが……。

ニコニコと言い募る佐々木先輩に、正座した足をもぞもぞとさせる直。そして辻本さんは、少し怪訝(けげん)な表情で、僕と佐々木先輩に忙しく視線を往復させている。

「若作り。センス最っ低。ショタコン」

「もういいですよ。何か言えとは言ったけど、なかなか……」

どんどん続ける佐々木先輩を止めて、ますます怪訝な顔つきになる辻本さんに、確信した。

「聞こえてないでしょう」

反射的に、辻本さんの視線がさまよう。

「聞く必要ないから、聞いてないだけよ」

「嘘ですね。表情は平然と取り繕えても、瞳孔反射(どうこうはんしゃ)までは自分でコントロールできない。自律神経だから」

「ウッ」

「え、何。何が起こってるのかねえ、怜」

「先輩と話してわかってもらおうと思ったんだけど、辻本さんは声が聞こえないらしい」

直に説明してやると、直は、

「霊能者なのに？」

と首を傾げた。

「そ、そ、それは、合う波長とか合わない波長とかあるのよ。霊能者でも」

辻本さんはそう言うが、それが正解なのかどうか僕たちにはわからない。

「ふうん。その割に慌ててるねえ」

直が素直に返す。

「オホン。それはそれとして」

あ、ごまかした。

「その霊を信用するつもりなのね」

辻本さんはしばらく考え込んで、やがて、結論を出した。

「いいでしょう。今は祓うのはやめてあげます。でも、その子が悪霊化したらすぐに祓いますからね。というわけだから、私も同行するわ。面白――いえ、監視しないとね」

「面白そうって言いかけた？」

直と佐々木先輩が同時に言って、同時に首を傾げた。

あ、でもこれだけは言っておかなければ。

「うちの兄には絶対に言わないでくださいよ。心配させたくないので。あと、兄はもの凄くかっこいいので、間違っても色目とか使わないでくださいい。絶対ですからね、約束ですよ」

僕はそう宣言し、直は笑い、佐々木先輩は呆れ、辻本さんは目を丸くしていた。

予定通り調査に出かけ、まずボクサーの方は、歩いていたら当の本人が走って来た。

佐々木先輩は、

「違うような気がする」

と言っていたが、念のために、どこの誰か、突き止めておくことにした。自転車の辻本さんがそれとなくつけて行く。

ゴスロリの方は、ゴスロリファッションや小物の専門店が商業ビルにあり、そこでアルバイトをしている女の子が直の知人だとかで、雑談の末に、女装のゴスロリ愛好家の名前と住んでいるところを聞き出した。

個人情報をいいのか、と心配になったが、同好の士が訪ねて来たりすることがあり、その時は教えていいと言われているらしい。

「凄いな。僕には出来そうにないトーク術だな」

「へへ、任せてよねえ」

「それにしても、ゴスロリか。なんかゴテゴテのフリフリで、よくわからんな」

「夜、暗くて寂しいところで会ったら、怖そうだねえ」

僕と直にはよくわからない。

「ちょっと可愛いかもだけど、重くて肩がこるとかないのかしら」

佐々木先輩のセリフを通訳してやると、直は、

「女のファッションはガマンだって、評論家が言ってましたよお」

と言って、

「女の子は大変ですね」

としみじみ言った。

「ああ、ここだ」

教えられた住所は、小さい古いアパートの一階十一号室で、名前はマリリン・コルトロンこと木内誠一郎。

しばらく出てこないか待っていると、二十分ほどでドアが開いた。フリフリのワンピースにフリフリの帽子、厚底サンダル、レースとフリルのついた小さい日傘。全部が黒で、口紅も黒。ガッチリ体形で、顔立ちはやはり男っぽい。

彼もしくは彼女が日傘を差して悠然と歩き去るのを待って、先輩に訊く。

「どうですか」

「二年前より可愛くなってる！」

「それはどうでもいいです」

でも、ホルモン注射とかしたのかな。

「ああ、うん。違うんじゃないかしら。ねえねえ、ダイエットしたみたいよ。何ダイエッ

トか聞いてみてよ」

「嫌です。それに先輩は必要ないでしょ。スマート、スマート」

それ以前に、ダイエットしたなら文字通り骨になったりしないだろうな。

「どう？」

「違うみたいだって」

「じゃあ、サラリーマンかねえ」

そう言い、並んで待ち合わせの公園へと足を向ける。

話に夢中で、白い国産乗用車と曲がり角で危うくぶつかりそうになった。運転手など車内の様子は見えなかったが。気をつけよう。

「明日、朝と夕方以降、駅を見張るの」

「ここの駅の利用者と確定はしてないし、健康の為に一駅歩いていたら、引っ越していなくてもアウトだな」

唸って、自動販売機で缶コーヒーを買ってから公園へ入る。直は炭酸のオレンジだ。

「防犯映像を見られたら、わかるかもしれないのになあ」

「先輩、ひとりで駅に張り込めないんですか」

「離れられないもん、怜君から」

「ああそう。本来ドキドキするはずのセリフなのに、こんなにガッカリするとは……」

佐々木先輩の声が聞こえなくても、内容が予測できたらしい。直はひとしきり笑って、

「笑ってる場合じゃないんだよねえ。ここが変死スポットになって怜が第一号になるか、強引に祓われるか」

　と呟く。

　先輩はブランコに近づき、フラフラ揺れていて聞こえていない。

「先輩は、ここにいるのかねえ？」

「いや。ブランコに乗ろうとやっきになってる」

「そうか。怜。もしもの時は、辻本さんに祓ってもらうよ。気の毒だとは思うし、できるなら手を貸してあげたいけど、それで怜が死ぬのは間違ってるからねえ」

「……僕だって、別に死にたいわけじゃないからな」

「約束だからねえ」

「わかってるよ。お前は兄ちゃん二号か」

　これで話は終わり、と、コーヒーを飲む。

　と、ヨロヨロと自転車が入って来た。

「あ、辻本さんだ。お疲れ様でーす」

「お疲れよ。ああ。走ってる人間が自転車より速いっておかしくない？　おまけに上り坂は通るし。若い子にこっちを担当してもらうべきだったわ」

　生まれたての小鹿のような足でベンチに近寄り、座る。

「もう少し運動したらいかがですか。ついでに食生活の改善も」

「うるさいわよ、高校生。苦手なのよ、料理が、運動が！　霊とのコミュニケーションが！　――あ」

「苦手なんですか」

「そうよ。力ずくでも祓うのは得意なのに、滅多に声が聞こえなくて、確認とか説得とかできないから、持て余されて、一人で修行して来いって放り出されたの！」

辻本さんがキレた。

「はあ、それは……。それで、ゴスロリの住所氏名は確認しました。でも、違うようだということです」

話題を変えよう。

「残るはサラリーマンだけど、どうしたらいいかって、今言ってたところなんですけどねえ」

直が乗ってきた。

佐々木先輩はなんとかブランコに乗ろうとしている。自分のことなのに。でも、いちいちセリフを通訳するのが面倒なので、しばらく遊んでいてほしい。

「ボクサー君は、ボクシングジムの裏の一軒家に両親と住んでる大学四年生で、中野薫君よ」

「佐々木先輩は離れられないと言ってますが、なんとかならないんですか。駅で乗客の顔を確認してまわるとか、カメラをこっそり見てくるとか」

「Qちゃんじゃないのよ」

僕と直は小首を傾げる。元マラソン選手がなんだというんだろう？

「まあ、とにかく帰りましょう。今後どうするかはまた明日ね。放課後、来るように。それと、怜君。霊に同情は禁物よ。それだけは覚えておきなさい」

辻本さんはそう真顔で言うと、解散解散と、駅前の焼き鳥屋へ向かって行った。

それで僕らも、引き上げることにした。


バターを完全にとかし、同量の小麦粉をそれに混ぜ、火からおろす。そこに別鍋で六十度ほどに温めておいた牛乳を、少し入れてはダマにならないようにとかす、を繰り返す。全部混ざったら塩、こしょうをし、炒めておいた玉ねぎ、茹でたほうれん草、レンジにかけた一口大の鮭を入れて弱火にかけ、とろみが出るまで混ぜ続ける。とろみがついたらグラタン皿に入れ、チーズをのせる。あとは、魚焼きグリルで焼き色を付けるだけだ。

サラダは、千切りのキャベツと人参と適当に切った水菜を和えて鉢に盛り、その上からサバの水煮缶を缶汁ごとのせて、くし形のトマトを飾る。これは兄の大好物の一つなのだ。

ご飯には、自作した甘酢しょうがの千切りと青ジソの千切りと炒った白ごまを混ぜる。

そして、帰るメールが来たところで、グラタンを焼き始める。

時間の読みバッチリで兄が帰って来て、食卓を囲んだ。佐々木先輩は、隣のリビングにボンヤリと立っている。

「いただきます」

まずはサラダ。うんうんと頷いて、グラタンに移る。

「ん、美味い。ホワイトソースが滑らかでいい」

良し！　兄の感想に安心して、僕もグラタンをすくう。

「怜」

「ん？」

「……いや、吉井先輩の奥さんが、メシマズとかいうのらしい。なんでも、初心者なのに凝った料理をオリジナルのやり方で作りたがったり、妙な隠し味を入れたがるらしい」

「とりあえず最初はレシピ本通りにやればいいのになあ。目分量とかアレンジとかは、一度は作ってからがいい」

「まずは基本なのにな」

笑って、テストの話などになったのだが、なんだったんだろう。何か別のことを言いかけたみたいな気がしたんだが……。

食べ終え、後片付けをして、入浴を済ませて自室に入る。

佐々木先輩が、今日はやけに大人しい。

「先輩。明日はサラリーマン捜しですよ。どうやって捜しましょうかねえ」

「……許せないわ」

「……」

「どうして殺されなくちゃいけなかったの。どうして私なの」

「……」

「寂しいのは嫌よ」

「先輩」

ゆらりと、佐々木先輩の腕が持ち上がる。

「わかってくれるわよね」

「先輩、落ち着いて！」

一瞬で、ほんの二十センチも離れていない背後にワープのように移動したのがわかる。

「とても悔しい」

「やめ――！」

背中から床の上に押し倒されてのしかかられた。そして僕の両手は胴体ごと押さえ込まれ、締め付けられ、動かすこともできない。

首に回された両手があり得ないほど冷たく、力が強かった。

「一緒にいて」

「――!!」

空気が入ってこず、苦しい。頭の中がガンガンとうるさいほど音をたて、視界がスウッとモノクロになりながら暗くなり、そして、音が消えた――。

喉がかれたようになって、声が出ない。首回りには赤い手形がハッキリと残り、カッターシャツのボタンをキッチリ留めても、隠しようがない。

鏡に映る自分に溜め息をついて、キッチンに入った。

昨日一瞬寝落ちした時のような空白の後、気付いたら、兄に抱え起こされていた。そして、佐々木先輩は泣き出しそうになりながら僕を見下ろし、震えていた。

「大丈夫。ちょっと、うん」

そう言うだけでも、喉が痛くてとても大変だった。

兄は、

「何が大丈夫だ!?」

と怒っていたし、先輩はガラス窓を通り抜けて、ベランダでしゃがみ込んでいた。泣いていたんだと思う。

女の子を泣かせたままってどうかと呑気に考えたけど、こっちにしても、今更ながら手が震えてくるし、兄に申し訳ないと思うし、もうとにかく疲れたしで、そのまま寝付いてしまったらしい。

コーヒーの準備をしたところで、兄が入って来た。

「おはよう」

「おはようじゃ――まあ、おはよう」

一瞬ムッとしかけ、すぐに、おはよう、行ってきます、ただいま、いただきます、お休みなさい、ありがとう、ごめんなさいを言うのを忘れてはならないという我が家の鉄の掟(おきて)

に従い、おはようを言う。

「今日こそは、聞かせてもらうぞ」

だろうなあ。

「わかった。晩に」

「ん。学校、行けるのか」

「行く。小テストもあるし」

表面上はいつも通り、朝食を摂って、家を出る。

そしていつも通り現れた直は、僕を見るなり、顔色を変えた。

「今晩、話す。だからいい。今日は捜す」

エントランスに飛び込もうとする直の腕を掴まえて、辻本さんのところに駆け込もうとするのを止める。

直はしばらく考え込んで、ガリガリと頭を掻きむしったあと、溜め息をひとつついて、

「のど飴舐めるかねえ」

と、いつも持ち歩いている飴入れの巾着袋をカバンから取り出した。

「と、いうことです。先輩、目をさらのようにして、捜してください」

後ろから、遠慮するかのように佐々木先輩が現れる。

「頼みますよ」

「わかったわ」

「さ、行くか」

「今日は体育だよ、四時間目」

　直は肩をすくめて、並んで歩きだした。

　ギョッと二度見され、教師には何か言いたそうにしてはためらわれ。午前中の授業だけで精神的に疲れ切って、昼休みの噴水のへりでの昼食タイムは、直と二人でやっとホッと息がつけた。

　流石に今日は弁当も作れず、購買部で買ったパンだ。今度、パンを作ろう。兄はパンも好きだ。

「起死回生のミラクルな手はないもんかなあ」

　食後のコーヒーをチューとストローで吸い上げながら、頭を悩ます。

「今日司さんに言うんだよねえ。だったら、再捜査とかしてもらえないのかねえ？」

「何か疑うような証拠が出たら再捜査してもらえるだろうけど、警察は、終わりにした事件をそう簡単に蒸し返さないよ」

「ここは何か、先輩、思い出してほしいねえ」

　直に言われ、佐々木先輩は腕組みをしてウウムと考え込む。

　目で「どう」と様子を訊いてくる直に黙って首を横に振り、二人仲良く嘆息した。

「あの辺を散歩中の幽霊とかでもいたらな。目撃してたかもしれないのに」

「いなかったのかねえ」

「ああ。居てほしいところにそう都合良くは居てくれないもんだな」

噴き上げられた水は太いロープのように連なり、光を反射してキラキラと輝いている。

佐々木先輩のロープマフラーはどことなく草臥れ、且つ、禍々しいが……。

「怜？」

「ロープを持ち歩くヤツは、あまりいないだろうな」

「珍しいだろうねえ。特に私用では」

犯人はその珍しい奇特なヤツなのか？

計画的犯行なら、用意してきただろう。でも、恨んでいそうな人物はいなかったし、通り魔とも考え難い。

では発作的犯行ならどうだ。反射的に殺してしまった。で、慌ててどこかからロープを調達して自殺を偽装しようと考える。ホームセンターとかで売ってる太いちゃんとしたやつで、そうそう落ちてもいないだろうしな。自宅から持ち出したか。でも遺体を放置して取りに戻るか？

あの辺りは少し先のコンビニと古い一軒家が数軒、か。あまり深夜に人気はないけど、どうだろう。

「公園にもう一度行ってみよう」

「ＯＫ」

相変わらず、真っ昼間だというのに人気のない公園だ。事件があったからこうなったのか、その前からこうだったのか。子供の頃は、ここの滑り台とかブランコとかで遊んだものだけどな。

真ん中にあるコンクリート製の大きな象は、鼻が滑り台になっていて、四本の足の間はトンネルが二本クロスするようになっている。上の部分にある手すりは大きな耳が反り返っている形になっていた。昔は鉄の棒だったのだが、ぶら下がって遊んだ挙句に飛び降りるバカな子供が続出し、こう変更されたのだ。

何を隠そう、僕と直もそのバカのうちの二人だ。

象の後ろに件のジャングルジムがあり、象の左隣に木製のベンチ、象の右隣は花壇、象の前方には砂場とハンカチ落としくらいはできるスペースをおいてブランコが設置されている。

「先輩。もう一度、詳しく聞いてもいいですか。公園に入ってからの一部始終を」

佐々木先輩は公園の入り口まで戻ると、再現しながら説明を始める。

直は見えないので、大人しくトンネルの中心に座っていた。よくこうして、アイスを食べたりどんぐりを並べたりしたものだ。声が響くのが楽しくて、歌を歌ってみたり。

「まず、入ってきて、荷物をここに置いて」

先輩はベンチに何かを置くマネをし、直の方へ向かって行くと、何かを置くような仕草をして、直に重なるように体を折る。

「ここにスマホを置いて」

何も知らずにニコニコする直と透けた先輩が二重写しのようで、ちょっと気持ち悪い。

「この辺でやり始めたの」

と、象から二メートルほどベンチ方向へ離れたあたりで、象の方を向く。

「盆踊りの練習をですね」

「ダンスよ」

訂正して、踊りだす。

それはどうでもいいんだが、楽しそうなので踊らせておこう。

「ここで、後ろから首にロープをかけて絞める」

と、そのように先輩に近づいてまねをしてみる。

「そのあと遺体をジャングルジムまで運び」

とジャングルジムへと歩いて行き、

「ロープをここに結びつけた」

と言いながら、ジャングルジムに手をかけた。

「佐々木先輩が気付いたのはこれが済んでからでしたね。引きずった跡がないなら、抱えたんだろうな。意識のない人間は、たとえ幼児といえども重い」

「女子高生なら、どんなにスリムでも、苦労しただろうねえ」

直らしい。相手が幽霊であろうとも、女の子相手に一応気をつかっている。

「抵抗はしなかったの、先輩」

「突然だったし、アッと思ったらすぐに意識がなくなった……か、死んだのね」

「突然首を絞められて、即、意識がなくなったらしい。一気に気道と血管が塞がれて酸欠状態になったら、瞬間的に失神して、そのまま絞められ続けているうちに死に至ることがあると、本で読んだことがあるよ」

「なるほど。抵抗の跡がないというのもそれなら納得だねえ」

今度は、花壇の向こうに並ぶ家を眺めた。

一軒は年寄り夫婦の住む家で、もう一軒はずっと空き家になっている。昔はお爺さんが住んでいて、時々公園に面した裏の窓を開けて「うるさい」と怒鳴られたが、十年くらい前に亡くなったんだった。残りの一軒は知らないな。

ん？　うるさい？

単に子供の騒ぐ声が耳障りだったのか、それとも――。

象の滑り台の横に戻って考え、ジャングルジムの方を見て考え、また、キョトンとする直と踊りに戻る佐々木先輩を見て考える。

「そうか、そういう事だったのか。じゃあもしかしたら今回も――」

「何なんだよ、この前から」

突然背後からかかった低くて小さい声にギョッとした。いつの間にか、サンダル履きの二十代終わりか三十代前半の男が、後ろに立っていたのだ。集中していて気付かなかった。

直も象の足で死角になっていたのだろう。今、驚いたように腰を浮かしかけている。

佐々木先輩、あんたは何やってたんですか――ああ、盆踊りだったな。

同じように驚いた顔で、佐々木先輩が突っ立っていた。

「なあ、何でだよ。やっと静かになったってのに。この前からちょくちょく来て、何が目的なんだよ。何がわかったっていうんだよ、え？」

直までも届いていないいんじゃないかというほどの小声でブツブツと呟くように言い、おもむろに、下げていたビニール袋を捨てて中で片手で掴んでいたものを取り出した。

白いロープだった。

「まさか……」

「やめてくれよ、もう」

ロープが両手でピンと張られ、こいつが犯人だ、と思うと同時に直が飛び出して来て、そして、

ミィツケタ

という何とも言えない佐々木先輩の声がして、重くて冷たい刺すような殺気じみた空気が、爆発したかのように押し寄せてきた。

直がぶつかって来て、どこからか走りこんできた兄が男を投げて抑え込む。

おお、流石は兄ちゃん、かっこいい！　などとチラッと思うが、ヨタヨタと走ってきた辻本さんの、

「やめなさい！」

という真剣な声に、佐々木先輩に目をやった。

ひと回りかふた回り大きくなったかに見え、首のロープマフラーがプラプラと揺れている。顔色は悪かったものの、笑ったり、楽しそうだったりしていた顔は、表情が消え、見開いた目は異様な迫力と狂気を湛えて、犯人――容疑者の男に向けられていた。その様は、僕の知る佐々木先輩と同一人物とは思えなかった。

「佐々木先輩！　捕まえました！」

「離せよ、ちくしょう！　俺は悪くない！」

男は喚いて暴れようとするものの、逃げられるわけもない。

それが、いきなり兄と二人まとめて二メートル以上吹っ飛んだ。

「――!?」

「先輩！」

「だから言ったでしょう、霊を甘く見るなって！」

「やめてください、佐々木先輩！」

「まずいわ、悪霊化が始まった。そろそろ普通の人にも見えてくるレベルよ！」

焦ったように辻本さんが言い募る。

吹き飛ばされても、兄は男を逃がさないように押さえ込み、何が起こっているのか把握しようと辺りへ目をやっている。

が、本当に皆にも見え始めたらしく、直はヒッと声を上げ、兄は少し眉を寄せて体を硬くした。男はヒイッと声を上げたものの、尚も自己弁護のために叫び続ける。

「うるさいんだよ！　女子高生なんて、傍若無人（ぼうじゃくぶじん）で、自分がいつでも中心で正義で、もうどっか行けよ！　俺は悪くないぞ！」

イラッとした。

「自分が中心で自分が正義なのはお前だろうが。夢があって、それを努力して追いかけていた佐々木先輩の夢を、勝手に終わらせたのはお前だ！　どんな理由があろうと、誰であろうと、他人の人生を強制終了させる権利なんてない！　佐々木先輩に謝れ!!」

それでも先輩はゆっくりと近付いて行き、男は情けない顔で、

「ごめんなさい、助けてください！　お願いします！」

と泣き出した。

「先輩、もういいでしょう。逮捕して、刑に服させますから。こんなヤツ、先輩が悪名を背負ってまで成敗しなくていいですよ。もう、大丈夫ですから」

しばらくそのまま男を睨みつけていた佐々木先輩だったが、やがてフッと圧力が消え、いつもの見慣れた佐々木先輩に戻る。そして泣きそうな顔をこちらに向けると、

「そうよねえ。トップアイドルになるはずだった英子ちゃんが、悪霊はないもんねえ」

しい。

　誰もがホッと胸をなでおろした。一度視認されたからか、姿も声も、皆に届いているら
と舌を出した。

「ありがとうね、怜君。それと直君に、辻本さん。先にあの世に行ってるから、来た時は
先輩らしく案内でもしてあげるわよ。それとお兄さん、弟さんにはお世話になりましたし、
お兄さんにも色々と心配をおかけしました。申し訳ありませんでした」

「どうもご丁寧に」

　なんだか、先輩の姿が薄くなってきたような気がする。

「お礼に、英子オンステージ！」

　先輩は微妙な歌と盆踊りを披露する。

　そして、楽しそうに笑い踊りながら、佐々木先輩はいなくなってしまった。

　その後、兄に連行されていった男は憑き物が落ちたように――憑き物が落ちたのは僕の
方だけどね――犯行を認めた。あそこは音が反響して、公園に隣接する家ではうるさかっ
たらしい。あの男も、佐々木先輩がスマホで音楽をかけて踊ったり、歌の練習をするのが
うるさくて、就職難でイライラしていたので、余計に耐えられなかったそうだ。
　僕らは兄に全てを白状させられた挙句、相談しなかったことと勝手に危ないことをした
と叱られ、そして、無事で良かったと安心された。

ゴスロリとボクサーとを調べた日、公園近くで兄は僕らを見かけたらしい。あの白い車でだ。それでベンチの後ろに潜んで会話をほとんど聞き、その日のうちに、辻本さんの身元を洗い出し、僕のスマホで常に僕の居場所を把握できるようにしたとのことだ。潜んでいたなんて全くわからなかった。刑事は皆そのスキルを持っているのか、兄が凄いのか。兄が凄いんだな。

佐々木先輩が暴れた夜も隣からずっと気を付けてくれていて、翌朝すぐに辻本さんの部屋を訪ねたらしい。それで相棒でもある署の先輩に霊関係は伏せて相談して根回しを済ませ、辻本さんと一緒に公園までつけてきていたそうだ。

そして、辻本さんに、

「今後もこういう事が起こり得るので、簡単な対処法を覚えたり憑かれないようにするために、助手をしながら訓練したほうがいい」

と言われ、辻本さんの助手のアルバイトをすることを兄に勧められたのだ。これまで、アルバイトをしたいと言ってもいい顔をしなかったのに。

確かに辻本さんの言う通りなのでアルバイトをすることに決まった。もしこういう事があっても、兄に危ない目にあってほしくないし、心配もさせられない。

さあ、しっかりしなければ。

その前に、買い物に出かけなければ。今日の夕食は、兄の好物の豆腐ステーキなのだから。

第二話　春バテ予防に豚冷しゃぶサラダ　～少年幽霊との危険な水遊び～

フンッと鼻息も荒く、お爺さんが仁王立ちになって睨みつけて来る。

「ここはわしの家じゃ。とっとと出て行け、塩をまくぞ！」

「いやあ、お爺さん。幽霊に塩をまかれても、困るんですが……」

僕は頭をかきながら言った。

「フン、困っとるようには見えんがな」

放っといてくれ。昔から感情が出にくく、無表情だのなんだのと言われているが、ちゃんと感情はある。大抵の面倒くさいことはなるべく避けるけど、兄が関係することなら話は別だ。一週間に三、四時間しか寝なくて済む無眠者であることを利用して、十時間加熱し続けなくてはならないクロテッドクリームだって作ってみせよう。

いや、話が脱線した。

賃貸マンションに住んでいた独居老人が亡くなり、葬式も済んだのに、この通り居座っているのだ。不動産屋さんからの依頼で浄霊しに来たのだが、説得に応じる気配は微塵もない。僕の雇い主である辻本京香さんは強引に祓うのが普通なのだが、それをすると、霊に負担がかかって辛かったり、その反動がこちらに来たりもするらしいので、なるべくなら、説得に応じて穏便に成仏してもらいたい。

京香さんは浄霊はできるのに、滅多に声が聞こえないらしい。それで、僕が説得を試みているのだが、

「だめなんでしょ、嫌なんでしょ。もう強制浄霊でいいんじゃないかしら」

と、もう飽きたようだ。

この浄霊だが、昔は詳しく知らなかったのでテレビで聞きかじったまま、「除霊」をすれば成仏するものだと思っていた。だが京香さんに教わったところ、人に取り憑いているモノを剥がすのが除霊、それを成仏させるのを浄霊と呼ぶのだそうだ。

まあ、流派によっても違いはあるかもしれないが、京香さんのところではそうらしい。

「お爺さん。脅すわけじゃありませんが、強制浄霊は苦痛が伴います」

「脅しとるじゃないか」

「コンプライアンスです。お爺さん、向こうで奥さんも二号さんも待っているんでしょ」

「だから怖いんじゃろが……」

「成程、それは道理だ……。でも、逃げ続けるわけにもいかないし、それをすると、余計に怒られますよ、向こうで」

「……やっぱりそう思うか」

「はい」

それで仕方なく、渋々ではあるが、お爺さんは成仏することに同意してくれた。やれやれ。

その旨を京香さんに伝えると、京香さんは晴れ晴れとして、浄霊を始めた。流派、個人によってやり方は様々らしいが、京香さんのやり方は、合掌した後、指で大きく縦、横、縦、横、丸、合掌だ。これを対象の霊に向かってやると、霊がふわあっと光り、徐々に薄くなっていって、消える。

「はい、終了しました」

京香さんは不動産屋さんに笑顔を向けて言い、報酬の入った封筒を受け取った。

お爺さんの自業自得だろうけど、がんばれ、お爺さん。

僕らは部屋を出て、家へ帰ろうと歩き始めた。なんと、僕の家と京香さんの家は隣同士なのだ。通勤時間数秒。これは便利ではあるが、不便でもある。というのも、京香さんの料理の腕は壊滅的で、一度見かねて作ったら味をしめたのか、夕食作りもバイトに含まれてしまったのである。

まあ、美味しいと言って食べてくれるなら嬉しいし、その程度ならいいけど。

「今夜は冷しゃぶサラダでしょ、楽しみィ。あ、今度牛すじ煮込み食べたい。そうめんチャンプルーも」

「はいはい」

狭くて古いエレベーターで一階に降り、表に出る。

そこで、二人の高校生くらいの女子とすれ違う。同じくキョロキョロとしているのに、片方は目を輝かせ、片方はオドオドともう片方の子の背中に隠れるようにしており、受ける印象は随分と違う。

更によく見ると、オドオドの方は同じクラスの女子だった。

幽霊マンションの見学だろうか。顔を合わせて、何をしているのかと訊かれても困る。

バレないようにとさりげなくよそを向く。

面倒は御免だ。


千切りキャベツ、スライスした玉ねぎ、千切りの人参、貝割れをポン酢で和えてたっぷりと大きめで深さのある皿に盛り、低温の湯にくぐらせて熱を通し、ザルにあげて冷ましてから醤油強めのポン酢で味を付けた豚スライスをたっぷりと乗せる。豚は疲労回復のビタミンＢ１が入っているので、寒暖差があり疲れやすい今、兄に食べさせたい料理だ。

豚冷しゃぶサラダに合わせるのは、だし巻き卵、筍（たけのこ）の土佐煮、アサリの澄まし汁、土鍋ご飯。

今日も帰るメールから約五分で帰って来る兄がテーブルに着くのと、タイミングを合わせて配膳した。

「ん、美味い」

満足そうに食べる兄に嬉しくなりながら、僕も箸を進める。

「炊飯器で炊くのより、米粒がしっかりするよなあ」

「冷しゃぶサラダもさっぱりしてて、いいいな」

今日は本妻と愛人に挟まれるのに怯えて成仏を拒んでいたお爺さんがいたとか、刃物を振り回していた刺青(いれずみ)も立派なヤクザが注射にビビっていたとか、そんな話をしながら食事をし、お茶を飲んでいた時、電話が鳴った。

出た兄の表情が真剣になり、短いやり取りの末、刑事の顔になる。

「事件だ。取り敢えず今夜は帰れないだろうから、戸締りをしっかりしておけよ」

言いながら自室に入って手早くまたスーツに着替える。

「行ってきます」

「気を付けて。行ってらっしゃい」

送り出してリビングの窓から裏の警察署を見ていると、しばらくして、兄が他の刑事と署から車で出動して行くのが見えた。

「大変だなあ」

言いながら見送り、後片付けをして、明日の弁当の下準備を始める。

それで、先ほど会ったクラスメートの事を思い出す。

面倒の予感が、してきた。

昼休みになった教室では、数人ずつがそこここで机を寄せ合い、弁当やパンを取り出していた。

佐々木先輩の件で、人前でおおっぴらに話せないことを昼休みに話すことが多かった為に、中庭の噴水のヘリで食べることにしていた僕と直だが、意外と風も心地良く、この場所が気に入っていた。まあ、四月の今は良くとも、真夏、真冬は辛いだろうし、雨の日は無理だろうが。

「今日はサンドイッチなんだねえ」

「昨日の晩、事件でな。もし朝帰って来そうならと思って作ったんだけど、帳場が立つらしくて」

「で、弁当に回したと。うん。怜も相変わらず、いい加減ブラコンだねえ」

「失礼な。自分の兄だぞ。大事で好きに決まってるじゃないか。普通だ、普通」

僕の抗議に肩をすくめて、直が自分の弁当に箸を入れかけたところで、気が付いた。昨日見かけた女子二人組が、反対側のヘリに座って弁当を広げつつ、こちらを注視している事に。

「直、さっき話した昨日の二人組だ。知ってる顔か」

小声で訊いてみた。直は、人当たりが良くて知人も多いので、何か知っているかもしれないと思ったのだ。

「天野さんの方は知ってるよねえ。同じクラスの天野優希さん」

流石にな。出席を取る時に一番初めだから、一日に何度も聞いてるうちに覚えた。オドオドの方だな。

「もう一人は五組の立花エリカさん。同じ中学から来たみたいだよう。天野さんの趣味はお菓子作りで、立花さんの方は写真部だったと聞いたねえ」

何でそんなに知ってるんだろうと、不思議でならない。関係ない人間の事なんて知っていても、面倒が増えるだけじゃないか。

「まさかとは思うが、不純異性交遊とかの濡れ衣でゆすってくるつもりじゃないだろうな」

そう言うと、直は噴き出すようにして答える。

「考えすぎだと思うよ、それはねえ」

ボソボソと話してそっと窺うと、向こうも同じようにこちらを窺っていた。

おかげで何とも落ち着かない気分で、昼食を食べるはめになったのである。


午後の授業を終え、駅前のスーパーへ寄る僕は、直とは反対方向へと歩いていた。五月の上旬。ここ数年はやたらと暑い日が多かったが、今年は平年並みのようで過ごしやすい。でも、泊まり込みが終わったら疲れているだろうし、脂っこい弁当ばかりが続くとかで胃ももたれているだろうから、いつ泊まり込みが明けてもいいように、何かあっさりとしたものを用意しておかなければ。

サバサラダか、牡蠣（かき）の昆布舟焼きか、他は――と考えているうちに、踏切りに差し掛かった。渡り終える時にカンカンと列車の接近を告げる警報が鳴り出し、セーフだな、と思ったのだが、背後で「キャッ」と悲鳴が上がったので、なんとなく背後を見た。

天野さんと立花さんがいた。

天野さんが転んでいて、傍には、早く立ち上がらせようと腕を引く立花さんと、天野さんの足首を掴んだ老女の幽霊がいた。

「ユキ、早く」

「た、立てないよ、挫いたのかな、どうしよう」

二人は焦っているが、これは老女の幽霊の仕業だ。電車に轢かせるつもりなのか。僕が気付いた事に気付いた老女は、ニタニタと笑っている。

僕はすぐに戻ると、老女を軽く突いて離し、天野さんの腕を掴んで立たせた。とにかく急いで、遮断機を潜り抜ける。

「ごごごごめんなさい、その、ありがとう、御崎君。なんか挫いたみたいで……あら？　大丈夫？」

天野さんがグルグルと足首を回して首を傾げる。

「助かったわ、ありがとう」

立花さんもそう言って笑い、まだ何か言いかけていたが、

「いや、別に。じゃ」

と、僕はさっさと背を向ける。

少し歩いて振り返ってみると、二人は反対方向に歩いて行って、角を曲がったところだった。

よし。

踵を返して踏切りに戻り、老女を見る。

辺りに人がいないのをちょっと確認して、老女に話しかけた。

「危ないでしょう」

「ひゃ、ひゃ、ひゃ」

「こんな迷惑な事をしてないで、逝ったらどうですか」

「やーだね」

「強引に祓いますよ」

「それは……ううん……」

と、迷うそぶりを見せ、ついで、舌を出してパッと消えて逃げようとする。

「逃がしません」

「嫌じゃあ！」

話が通じない相手のようだ。放っておいたら、また、やるだろう。

仕方ない。掌に意識を集めて、老女の方に掌を向け、集めたものを放つ。

これができるようになったのはつい最近だ。コツのようなものを掴めばそれなりにできるのだが、それまでは苦労した。と言うのも、師匠の京香さんは説明がヘタだったからだ。抽象的な言い方で、「なんかこう、ぎゅっとして、ばっと」などと言う。本来なら僕は、なにがどうしてだからどうなる、ときちんと理解したい方なのだ。理屈っぽいわけではないが。なので、聞いたことを自分なりに推測しなおして試行錯誤を繰り返し、偶然できたのだ。確かにそうしてできてみれば、「ぎゅっとしてばっ」で間違いはなかったが……。

それと、流派、個人で浄霊のやり方は千差万別。ただ、呪文のようなものを唱えたり印を結んだりするのは精神を統一するためらしいから、時間もかかって面倒くさいので、僕は特に何もしない。ただ自分が集中すればいいだけだ。京香さんは「地味ねえ。つまらないわねえ。男の子でしょ、そういうのに憧れるもんでしょ」と不服そうだが、これでいい。なるべく小さい労力で大きな成果を。省ける手間は省く。それが僕のポリシーだ。

上手く言えないが、その見えない何かは老女に当たった。ギャッと叫んで怒りと恐れと苦痛のないまぜになった表情の老女は、形を崩して消滅した。

気配を探ってもう老女が消えた事を確認し、小さく息を吐く。反発される分集める力はたくさん要るし、精神的にも、穏便に済ませる方がいい。なんだか、殺してしまったような気になってしまう。

さて、と頭を切り替えて、スーパーへと向かう事にする。

「……」

「今、祓った？」

「…………」

天野さんと立花さんが、そこにいた。詳細を聞きたくて聞きたくて堪らないという顔つきで。

まずい。見られた。はあああ。面倒くさい。

翌日の昼休み。僕、直、天野さん、立花さんの四人は、噴水のヘリに並んで座って弁当を食べていた。

昨日のうちに、直には二人に現場を見られた事を言ってある。何か噂を広められたらどうしようと言ったら、佐々木先輩の時に首に絞め痕をつけられていたので、騒ぎになるかどうかを気にするのは今更だと思うとか言われた。

そうだろうか。静かに生きているつもりなのに、人生は理不尽だ。

食べ終わった弁当箱に蓋をして、立花さんが口火を切る。

「さて、昨日の件だけど。浄霊したわね、御崎君」

「……見たのか？」

「わかったわ。ユキは時々そういうのが見えるの。それで、ユキにはわかったのよ」

「……老女は見えてなかったくせに」

「それに幽霊マンションのお爺さんも、御崎君がやったんでしょう。あとこの間も、幽霊に首を絞められたんだわ」

「何か、犯罪をやったみたいだなあ」

直がははは っと笑い、天野さんは消え入りそうに俯いて、

「ごごごめんなさい、ごめんなさい」

と唱えた。

シラを切り通すのは無理だろうと直とも話していたのだが、その通りらしい。

「だったらなんだ」

「見たかったのに！」

立花さんが心から叫ぶように言った。

「は？」

「最近有名になってた幽霊マンションのお爺さん、見たかったの！」

「…………」

「私幽霊とか大好きで、霊感はないけど、見たくて見たくて！」

「もしかして、中学の時写真部に入っていたのは……」

直が訊くと、迷うことなく答えた。

「心霊写真を撮るためよ！」

僕と直は呆然と立花さんを眺めた。そんな理由で写真部に入る人がいるのか……。

「高校にも心霊部はないし」

なさそうだなあ。

「だから、一緒につくろうよ」

それを聞いて直がこっちを見てきたが、首を横に振ったら眉をハの字にした。

「別に、僕を誘わなくとも」

「心霊のプロだもん。本当にいるところとかわかるでしょ。部が承認されたら、部室ももらえるわよ」

まあ、今後弁当を食べるにも、人目をはばかる話をするにも、都合はいい。

「顧問のなり手があるのか」

「大丈夫」

自信満々で立花さんが胸を張る。

「僕はいい。妙な噂を広げられたりしない口止め料だと割り切ったら。ただし、家事もあるからクラブ活動はほとんど付き合えないけどな。兄ちゃんのご飯に絶対に間に合うように帰るからな」

「ボクもいいよ。面白そうだからねえ」

「四人で認可されるから、決まりね」

意気揚々とする立花さんの横で、天野さんがひたすら謝り続けていた。

「はあ」

「面倒くさい。だろ？」

直がこっちを見て、ニヤリとした。

ああ、面倒くさいよ、本当に。

＊＊＊

その男は、駅前のコンビニの入り口付近にしゃがみ込んで、たばこを吸っていた。

美味い儲け話もつまらないオチでフイになり、安アパートに戻れば、金融会社からの督促状が待っているだけ。いいことが何も思いつかなかった。

「クソッ」

店内から出ようとした客が迷惑そうに眉を寄せ、男は、何度目かになる悪態をついて、短くなったたばこを乱暴に踏みにじった。

なにもかもが、つまらない。上手くいかない。

一昨日知り合ったばかりの女の所にでも行くか、と、顔よりも体を思い出して少し気分を良くした時だった。

あーそーぼー

そんな声がしたのは。小学生、それも低学年くらいの男の子の声で、耳というより、頭で直接聞いたような気がした。

「声は耳で聞くもんだろ。バカバカしい」

あの日に聞いた声に似ている事に内心ではビクビクしながら、虚勢を張るように嗤って、一応は辺りをキョロキョロと見回す。

「気のせいか」

安心して足を踏み出そうとしたが、更に声は続く。

こんどはー、みずあそびだよー

弾かれたように、辺りを見回す。

「どういう事だ!?　あのガキ、警察に――!?」

どこに逃げるべきか、忙しく考える。

が、思いつく前に、急に息ができなくなって、苦しくてパニックになった。これは、そう。プールで溺れかけた時にそっくりだ。

そう思い出したのと同時に、目の前に突然、あの男の子が現れた。楽し気に笑っている。

やけに色が薄くて、透明で、なんだかあれじゃ幽霊みたいだ。そう思ったのを最期に、男はこの世を去った。

＊＊＊

我が校には校舎が三つある。ちょうどカタカナのコの字を思い浮かべてもらいたい。上の横棒に当たるのが一般教室棟で、一年生は四階、二年生が三階、三年生が二階となっていて、一階には職員室や保健室などがある。下の横棒に当たるのが特別教室棟で、音楽室や美術室、家庭科室、地学教室などになっている。残る縦棒に当たるのが部室棟で、主に運動部が三階から上、文化部が下だ。その中で新設の心霊研究部の部室は一階の真ん中辺りで、ドアの横にある窓の向こうには、中庭中央の噴水が見える。

ドアから見た左の壁際にはスチールの本棚、右の壁際にはロッカーと棚があり、正面には窓、中央には長机が置いてあった。

その本棚に立花さんの私物の心霊関連の本や地図などを並べ、棚には心霊写真を撮るためのカメラ、ノートパソコンを置いたら、取り敢えず、置くものがなくなった。

それだけでは寂しいしあると便利なので、電気ポット、マグカップ、インスタントコーヒーや紅茶なども置いたら、なんとも居心地のいい部室になった。

欲を言えば小型でいいから冷蔵庫と、カセットコンロでもあれば尚いい。

そんな事を考えながら四人で向かい合って弁当を食べかけた時、エリカ――お互いに姓ではなく下の名前で呼び合おうと立花さんが部長命令を出した――が、早速、調査したいものを発表したのだ。

「空気中で水死した男、ねえ」

直は懐疑的な口調で言って、それよりも弁当だと、弁当箱の蓋を取った。

「人は陸上でも水死できるぞ。その現場には、本当にその要因はなかったのか」

僕も弁当箱を開ける。カレーを卵焼きに包んでご飯の上に乗せたオムカレーライス、エビのエスニックパン粉焼き、ほうれん草、ひじき、ちくわとこんにゃくの炒り煮。

「うわあ、美味しそうですねえ。これ、オムライスですか」

それを見たユキが歓声を上げる。

「カレーにハチミツを少しまぜたものを、冷まして、卵焼きに包んだんだ。ハチミツのおかげで、冷えても固まらない」

「へええ。いいこと聞きました。怜君、凄いです」

「怜は最強主夫男子だからねえ」

和やかな三人の会話に、エリカが、

「ちょっと、真面目に聞いてったら！」

と、頬を膨らませる。

「そうです、陸上で水死ってなんですか」

ユキは、慣れてしまえば、明るい女の子だった。

「乾性溺死といって、水を勢い良く飲んだ時なんかに、水が気管に入って塞いで、それで、水死状態になることがあるらしい」

「コンビニの前でたばこを吸ってたらしいけど、それ以上の詳しいことはちょっとわからないわね。でももう一件、同じような事例があるの。こっちは大学の講義中で、衆人環視の中よ。飲まず、食わず。いきなりキョロキョロとして、怯えて、やめろとか終わりだとか来るなとか言った挙句に、よ」

「薬物は」

「それはなかったって、警察が発表したそうよ」

「ううーん」

「ね、変でしょう？　水神の祟りかもしれないわ。調べに行きましょう。調査開始よ」

こうして、実地調査第一号として、この件が取り上げられることになったのである。

そのコンビニは、ちょっと不可思議な事件の舞台として、やたらと人がいた。この分では、売り上げ倍増間違いなしだろう。

そんな事を言いながら、近づいて行く。

と、水の臭いがした。入り口に近づくほどに強くなり、テレビ中継をするリポーターの後ろ、被害者の倒れた辺りでピークになり、消える。

「どう、どう。巷では水神の祟り説が一位よ」

エリカがワクワクと言うのに、答える。

「水の臭いがする。冬のプールとか、夏の池とか、そんな感じの」

「やっぱり水神様で決まりってこと!?　じゃあ後は、その無念のうちに死んだ人はここにいない!?」

「ばか、声が大きい」

スタッフの視線に目礼で謝り、そそくさとその場を離れる。

「亡くなった人の幽霊はいない。水の臭いが残っているだけだ。大学は入れないよなあ」

と言うと、

「お任せあれ」

と笑うのは、やっぱり直だった。

行きつけのパン屋でバイトしている人がその大学の学生で、亡くなった大学生と同じ経済学部らしい。

それにしても、直の人脈はもう謎だ。

「大丈夫。ちょうどオープンキャンパスをやってるから」

との事で、構内に入る。事務の人とかに何か言われる度に、門まで迎えに出てきてくれた女子大生が、

「受験の為の見学です」

と堂々と言い、どんどん中へ入って行く。

フッと、水の臭いがした。案の定、強くなる方へと行くと、その講義室があった。

「ここよ」

言いながらその女子大生がドアを開けると、ガランとした教室内で、兄と刑事っぽい人と先生らしい人が何やら話していた。

こちらを見た兄の眉が、僅かにピクリとする。

「みたいだねえ」

僕と直は、目を合わせて肩をすくめた。

家に戻り、京香さんと浄霊に出かけた時に、そんな話をした。

「解散を見計らったように兄から電話がかかってきて、危ないことに首を突っ込んでるんじゃないだろうな――って釘をさされました」

京香さんは、

「お見通しってわけね。流石ブラコン」

と大笑いした後、真面目な顔をして、続けた。

「でも、その水の臭いっていうのは気になるわねえ」

「だからって、水神様って感じではなかったんですけどね」

「まだ続くんだったら厄介ね。まあとにかく、今日の仕事よ。先日亡くなった若い息子さんが毎日出て来てるんじゃないかって」

「へえ。若いだけに思い残す事も多かったんでしょうかね」

言いながら、その依頼者の家に行き、中へ通される。

と、リビングに置かれた白木の位牌に手を合わせる若い男と、ローテーブルを前に座る兄と昼間に会った相棒の刑事がいた。

お互いに驚いた。が、平静を保つ。

「息子さんというのは、もしや……」

「南部（なんぶ）正（ただし）。水もないのに水死した大学生です」

憮然と父親が答えた。

「こちらは？」

「正のお友達の、金代（かねしろ）大（まさる）君です。旅行から今日帰ってきて、それで、お線香を上げに……」

母親は涙で声を詰まらせた。

「あ、どうも。ええと、こちらは……？」

今度は金代が訊くのに、京香さんが、

「霊関係のコンサルタントをしております、辻本と申します。こっちは御崎と申します」

と頭を下げる。

「霊、ですか？」

金代が首を傾げる。

軽く、当たり障りのないように答えかけた時、不意に、水の臭いがした。

「京香さん、これ」

注意を引く間にもどんどん強くなり、京香さんの表情が厳しくひき締まる。

「どうかしましたか」

気付いた兄が、訊いてくる。

「大学とコンビニに共通して残っていた臭いが、だんだん強くなってきてます」

僕の答えの意味がわかるのは京香さんくらいだが、それでも、何かやばいというのだけは間違いなく伝わったようだ。全員腰を浮かせ、わからないまでも、その何かに備えて辺りを警戒する。

ミツケタヨー

リビングの一角に、子供が現れた。見えたのは僕と京香さん。それに、金代さん。

「ヒィィ！」

腰を抜かしかけた金代さんに南部さん夫婦と兄の相棒が怪訝な顔を向け、事態を察している兄は、僕らの視線の先にいるそれに、見えないものかと目を凝らす。

小学校低学年くらいの男児で、無邪気さと悪意が交ざりあった笑顔を浮かべ、こちらにペタペタと濡れた体で歩いて来る。

カクレンボハオワリ　ミズアソビシヨウ

その途端、水の太い蛇のようなものがその子の目前に現れ、金代さん目掛けて飛んで来る。

それを問答無用に叩き落とした僕に、子供が濁った眼を向けて来た。

「水遊びするにはまだ早いだろ」

ニタアと笑いかけてきて、

オニイチャンモ　アソボ

と誘ってくれたが、そんな誘いはいらない。

「遊ばない」

完全に腰を抜かした金代さんが、

「お、お前が殺したのか。俺は違うぞ。俺は電話の係で、まだ、何もしてないからな。田井と、鍋島と、南部が、やっただけだ！」

と言って後じさろうとすると、その背後に恨めしそうな顔の青年――位牌の所に置かれた白黒の写真の人物だ――が現れ、肩に食い込むほどの力で手を置いて、

他人のせいにするなよ。お前も共犯だろ

と文句を言った。

「増えたわねえ。怜君、そっちをお願い」

京香さんの舌打ち交じりの指示に従い、僕は南部さんに注意を向ける。

子供は嬉しそうに南部さんを見て、

ミンナ　イッショ

と歌う。

見えない人達は困惑の度合いを強め、金代さんは益々パニック状態になっていく。

「ギャッ！　や、やめろ！」

「南部さん、落ち着きましょう」

こいつもこっち側だろ

「ごめん、助けてくれ、死にたくない！」

金代さんのセリフで犯罪のにおいに気付いた兄たちは、耳と目をこちらに集中している。

「何があったんですか」

「何もない、何もない！」

逃げようとあがく金代さんに激高した南部さんが、気配を一変させて金代さんの心臓を握り潰さんと手を伸ばした。説得の猶予はない。片手を向けて、放出。

金代さんの胸に手を突っ込んだ姿勢で、南部さんは憎しみと苦しみの表情を向け、消えた。

へエ

子供は興味を僕に移したらしい。

「水遊びじゃなくて、お話ししようか」

ヤアダ

浮かんでいた水蛇が、来る。

京香さんの縦横の印は間に合わない。僕が叩き落とす。さらに太めなのが来るも、叩き落とす。

「あんたの相手は私でしょうが」

京香さんが子供に浄霊の為の力を叩き付けた。

しかし子供は吃驚(びっくり)したような顔をした後、キョトンとし、

マタネ

と、すぅっと消えた。

「ちっ、逃げたわ」

「毎度思うんだけど、霊の声が聞こえない割に、上手く空気を読んで会話してるように装ってますね」

「年季が違うのよ、年季が」

僕と京香さんが臨戦態勢を解いた様子を見て、皆が体の力を抜く。

腰を抜かしたようにへたり込む母親を父親が寝かせ、兄の相棒が金代さんの傍に張り付くのを尻目に、兄が僕に近寄って来る。

「怜」

「ん、説明するよ」

これは確実に事件と関わってるし、僕は遊び相手に選ばれたのかもしれない。

ああああ、面倒くさい。


吉井さん——噂の兄の先輩兼相棒の名前である——にお茶を淹れてもらって飲みながら、先日に引き続き今日も警察に来たなあ。僕が何かしたわけじゃないけど、とか思う。

説明の為に金代共々警察署に来た僕と京香さんだが、兄の職場を見れるのは嬉しい。同僚の人も優しいし。

パニックの後は放心していた金代は、知人四人で子供を誘拐した事実を喋り出した。鍋島がバイト先で知った夫婦の小学生の息子が一人でいるところに、まず鍋島と南部が「遊ぼう」と声をかけた。かくれんぼと言って段ボール箱に子供を隠して封をし、それを田井が山中の元ロッジの空き家に隠しに行く。それから両親に脅迫電話をかけて身代金を受け取るのが金代だったのだが、運ぶ途中で田井が心筋梗塞で急死して車は湖にほとんど転落。

崖の半ばに引っかかっていた車からは段ボール箱は出てこず、残った三人は、何もなかった事にして知らん顔をしていたらしい。

ところが、次々と仲間が不審死を遂げ、最後の金代が死にかけたところに、警察が偶然居合わせたという事になる。

子供は湖に落ちて段ボール箱の中で溺死したに違いない。そして、犯人である「遊び相手」に、遊びの続きを強請（ねだ）っているのだ。

金代には腹が立つが、子供に遊びを続けさせて、関係のない人とも遊びたがるようになっても大変だ。すでに僕は、どうやら遊び相手としてロックオンされている気がする。

朝を待って、田井の事故現場周辺を捜索するらしいが、彷徨（さまよ）う魂の方を捜索するのは、僕と京香さんにしかできない事だ。

「お疲れ様。大変だったね」

吉井さんは柔軟な頭の持ち主であるらしく、「霊が」とか言っても信用してくれた。ついでにコソッと、料理が壊滅的な嫁にもできる料理を教えてほしいと頼まれた。兄ちゃんがお世話になっている人だから、なんとかしてあげたいな。うん。

「もう今日は帰っていいよ。御崎、送って――って、裏だったね」

「はい、ありがとうございます。怜、いいか。少なくとも自分からは危ないことに首を突っ込むんじゃないぞ。辻本さん、くれぐれも、お願いしましたからね」

兄がクールな顔で目に力を込めて威嚇（いかく）して、京香さんはコクコクと頷いた。

離れた途端、息をついて、

「怜君が絡むと途端にこれだもんねえ」

と恨めし気に僕を見る。

「で、これからですが」

話を変えよう。

「あの子を捜さないといけませんよね」

「そうね。どこに行ったのか……。そう言えば、最後、攻撃しかけたのに思いがけなくできなくて、一旦帰ったふうに見えたんだけど」

京香さんは声が聞こえないのを視覚で補うためか、やはり観察眼は優れている。

「……弾切れ？　水を補給しに戻ったとか」

「その辺のじゃなく、特別な水かしらね」

「ということは」

「その湖」

田井の事故現場がどこか知らないが、ネットを漁ればすぐにわかるだろう。まさか、兄に訊くわけにもいくまいし。

僕らはすぐに京香さんの家に飛び込み、ネットで調べてみた。

車で二十分のところにある湖。詳しくはわからなくても、湖の周りを一周すればわかる。

すぐに表へ飛び出して、タクシーを探した。

湖周道路は空いていた。そろそろ夜中の一時半、他の車も見当たらない。

ガードレールがひしゃげたカーブの手前でタクシーを降り、ゆっくりと端まで行って下を覗き込んだ。暗くて良く見えない。

「今更だけど、端から下がって見てる？　危ないわよ」

「本当に今更ですね。でも、悪いことをした子は大きい者が叱らないと」

濃密な水の臭いが漂う中、男の子は水辺で立ち尽くしていた。が、いきなり顔をこちらに、ぐりんと音がしそうな勢いで向け、禍々しく笑った。

マッテタヨ

「そうか。子供がいつまでも遊んでる時間じゃないぞ。そろそろ、川の向こうに引っ越ししようか」

ヤダヤダ　アソブ

「聞き分けのない子ね」

肩をすくめながら、京香さんは密かに印を結んで準備に入っていた。向こうも、太い水蛇を眼前に出して、準備に入っている。

放ったのは同時だった。

両者の間で攻撃が相殺されて水がぶちまけられ、お互いに次のチャージに入る。そのタイミングで、僕が放つ。二対一が卑怯だって？　知るか。

子供は崖の上、僕の前に移動して、

イタイィ

と文句をつけてくると、今度は水弾をぶつけてきてキャッキャとはしゃぐ。

吹っ飛ばされた京香さんが、気管に入って来た水にせき込んだ。

「子供だと思っていたらとんでもない悪ガキだったんだな」

近付いて来て、

アーソーボ

とこっちに伸ばして来た手をむんずと掴んでやると、子供はキョトンとし、京香さんは焦ったように
「何触ってるの！」

と喚いていた。

冷たいものが、そこからザアアッと這い上って来る。

「悪いな」

掴んだ、感覚のほとんどない手から、一気に流し返す。

と、掴んだその部分からドミノ倒しのように、浄霊が為されて行く。

「家に帰れ」

子供は、小さく「ママ」と口を動かして、そのまま崩れて消えた。

元はと言えば誘拐したヤツらが悪いのに、いいとばっちりだったな、あの子。

そんな事を考えてしんみりしていたら、ズカズカと近付いて来た京香さんに頭をはたかれた。

「何するんですか、もう」

「こっちのセリフ！　悪霊に触るって、何してるのよ！　折角独り立ちOKかと思ってたのに、台無しよう！」

「え、独り立ちですか」

「仮免だけどね。上手くできてるし――って、話を逸らさないの！」

「ああ、いや、うん。すみませんでした。つい。それよりどうやって帰りましょう？　タクシー帰しちゃったし」

「電話で呼べばいいじゃない」

「この前事故のあった所って？　この時間に？　怪談と間違われてお仕舞いですよ」

「えええーっ⁉」

騒いでいると、見覚えのある車が近付いて来て、仏頂面の兄が降りて来た。

「怜。言いたい事は、わかっているな」

「はい。ごめんなさい」

「辻本さん」

「もも申し訳ありませんでした。でも、無事に、問題なく、安全に、浄霊が終了しました。もうこの事件は起こりません、はい」

腰が低いな。というか、さっきの危険行為はなし崩し的に無かった事になってるな。ラッキー。

と胸を撫で下ろしたのだった。

部室に弁当を持って入ると、待ち構えていたエリカが身を乗り出して宣言した。

「今日は水神様の怒りを鎮めて事件に終止符を打つわよ！」

面倒くさいことを。今日は兄の為に肉巻きを作るのだから、放課後は帰りたい。なので、つい、

「ああ、あれはもう終わった。水神は関係ないし」

と、ポロリと言ってしまった。

しまった、と臍をかむ僕の横で、直があーあという顔で苦笑していた。

「どういう事⁉　ねえ⁉」

「仕方ないねえ、怜。報告会、報告会」

ああ、もう、クラブなんてやっぱり面倒くさい！

第三話　端午の節句に怜特製サーモン鯉のぼり　～いただき女子の裁き～

慌ただしく入学以来の日々が過ぎ、あっという間にゴールデンウィークである。世間は連休だと浮かれているが、兄は普通通りに仕事だし、僕も休みが明けて少ししたら中間テストがあるので、そうそう浮かれてはいられない。

ただ、近所を歩いても、ベランダで洗濯物を干しても、何軒もの家のベランダで泳ぐ鯉のぼりを見かけ、我が家もちまきと柏餅は買ったし、兜(かぶと)飾りは押し入れから出して飾ってある。

「五月かあ」

ベランダの外を見てふと呟くと、兄はネクタイを締めながら言った。

「学校は何も問題はないか。頭痛や胃もたれ、だるさや不安とか不調はないか、怜」

「大丈夫だよ」

「だったらいいが、五月と言えば五月病だからな。些細な不調でも言うんだぞ」

「うん。わかった」

そう答えると、兄は真剣そのものと言った表情をやや緩めた。

兄がこう言うのも、今担当している事件のせいかもしれない。詳しくは知らないが、昨日駅前のビルで新大学生の転落死事件があり、どうも自殺らしいという噂がもう流れていた。新しい環境に慣れず、頭痛や不眠ややる気の無さなどを抱え、それを放っておくと酷いことになりかねない。五月病をばかにしてはいけないのだ。

「じゃあ、行ってくる」

「行ってらっしゃい。あ、僕も図書館に行くから、一緒に出るよ」

兄と一緒に家を出て、兄の勤務先へ向かう。歩いて五分、すぐ裏の警察署だ。

「よう、御崎。怜君。おはよう」

兄と組んでいる先輩刑事の吉井さんが、通勤してきた自家用車から降りながら片手を上げた。

「おはようございます」

吉井さんは苦笑しながら頭を掻いた。

「ゴールデンウィークかあ。迷惑だよなあ。軽犯罪は増えるし、道は変に混んだり事故も増えるし、奥さんは旅行にも行けないってむくれるし。怜君、どこか連れて行けとか言わないの？」

「怜はもう慣れているので言いませんね。むしろ、作り置きをしたり掃除をしたりするチャンスとか言ってます」

兄が言うと、吉井さんは笑った。僕はうんうんと頷く。

「相変わらず怜君は理解があるね。まあ高校生だし、友達と遊びに行くのかな」

「とりあえず今から図書館に行きます。端午の節句にそれらしいご飯を作りたいので」

「あはは。例の大学生も、そのくらい元気があればよかったのになあ」

　そこで別れて、兄と吉井さんは署内に入っていった。


　僕はショッピングモールの中にある図書館に行こうと、そこを通りかかった。

　まだ新しい花束が路地にひっそりと供えられ、それで、ここが昨日の自殺の現場なのだと気付いた。

　ひそひそと囁きながら通る人もいるし、そこで手を合わせる大学生くらいのひとたちもチラホラいる。

　そんな彼らから少し離れたところで、高校生くらいの女子が三人、その様子を眺めながら潜めた声で話をしていた。

「ねえ、大丈夫？」

「大丈夫よ。だって、別に私たちが突き落としたわけじゃないじゃない。誰も私たちのことは知らないんだから。そんな事より、お小遣い足りなくなっちゃったわ。計算が狂ったわよ。新しい人、見つけないと」

「そうね」

　それで三人は声を合わせて、

「いただきまあす」

と言い、キャッキャと笑って立ち去って行った。

「何だ、あれ」

何となく不快な気分になりながら反対側へと歩き出した時、路地に佇む青年の霊が、彼女たちを悲しそうな顔で見つめているのに気付いた。


その話が入って来たのは、その日の午後の事だった。

木彫りの小さな置物をネットのフリーマーケットサイトで購入した南波宏昭という大学生の所に青年の幽霊が現れ、

「返せ」

と迫ったらしい。

何のことかわからず、訊き返したら、

「金魚を、返せ」

と言ったので、購入した木彫りの置物のことだとわかり、つい反射的に、

「彼女にプレゼントしたから、こ、こ、ここにはない！」

と言ってしまったらしい。

すると、

「明日取りに来る」

と言って、消えたそうだ。

それで、今夜幽霊が来るから何とかしてほしいと京香さんのところに依頼が入り、京香さんは遠方に行く用事があったので、僕の所にその仕事が回ってきたのだ。

南波さんは大学二年生で、彼女の北条瞳子さんが金魚が好きだとかで、見つけた木彫りの置物をプレゼントしようと買ったらしい。

「手彫りみたいで、凄く良かったんですよ」

南波さんはそう言って、隣の北条さんと頷き合い、北条さんが持ってきた金魚の置物を見た。

確かに木彫りの金魚だ。生きて泳いでいるようなそのフォルムが確かにいい。ウロコも丁寧に彫り込まれているが、やや粗いそれは工業製品ではないようだが、それが反対にいい味となっていた。大きさは握り拳くらいだろうか。

とは言え、そこまで執着するほどの名品にも見えない。その幽霊の思い入れとか、そういうものだろうか。

「それで、出品者は」

「女子大生のハルカって名乗りましたよ。向こうもこの近くに住んでいるとかで、駅の改札前にあるベンチで会いました。お金もその場で払いましたよ」

「盗品とかでしょうか」

北条さんが心配そうに訊く。

「可能性はありますね。そこまでして幽霊が取り返しに来るのなら。でも、なあ。盗むほどの凄い物にも見えないけどな……」

僕たちはううむと唸って金魚を見た。凄いしかわいいとは思うが、正直金銭的価値については首を捻る。

「まあ、出てくるのを待ちましょう。あなたたちに危害は加えさせませんから」

僕は言って、心配だとイチャイチャする二人から目をそらした。


その夜。ひたひたと闇が満ちる。そして、ひやりとするような空気をまとって気配が近付いてきた。

「返せぇ」

青年の霊が現れた。

「ヒイイッ！」

竦み上がる南波さんと北条さんに霊は迫り、そして、はたと気付いたように僕の方を見る。

僕は手にした金魚の置物を見せた。

「捜しているのはこれですか」

幽霊は、嬉しそうな顔をした。

その顔に見覚えがあった。今朝、ショッピングモールの路地で見かけた幽霊だ。

「あなたは、駅前のショッピングモールにいた人じゃないですか。もしかしたら、転落死した方じゃ」

言うと、青年は僕にやっと気付いたように金魚から目を上げた。

「そうです。比賀谷（ひがや）といいます。自殺じゃなく、落とされたんですけどね」

それを聞いて確認する。

「落とされた？　自殺ではなく、他殺なんですか？」

比賀谷さんは寂しそうに笑った。

「騙されて、お金を要求されて、もうこれ以上渡せる余裕はないからと……でも、サイフでも、クレジットカードでもいいから寄越せって言われて、やっと騙されていたんだと気付いたんです。本当に、バカですね。この彫刻は兄との思い出の品で、大事なものなんです。あの日彼女が見たいって言うから見せたんだけど、金銭的価値はないって知ると豹変（ひょうへん）して。それでも盗って行ったので、取り返したくて」

聞いていた南波さんと北条さんも、怖さを忘れたように怒りだした。

「それ、どういうことだ？　酷いな」

「その相手、どうなったの。捕まえられないの？」

比賀谷さんはしょんぼりと俯き、僕は胸を張った。

「わかりました。その相手を捕まえましょう」

兄ちゃんに相談だ！

担当者である兄と吉井さんと会い、情報をもらう。

比賀谷勇三(いさみ)さんという、先日転落死した人が住んでいたのは大学のある別の区のマンションだったが、転落したのは、ここの駅前にあるショッピングモールの屋上駐車場だ。実家は中部地方の人口の少ない都市。

比賀谷さんは、今年大学に入学したばかりだった。成績は可もなく不可もなく。大人しく彼女もいなければ親しい友人もおらず、いつもひとりでいたところを目撃されていた。もめているという話を聞いたことがない、という以前に、誰かと関わりがあることすら想像できないと、同級生から聞き込んでいるらしい。

何があったのだろうか。殺人も怒りがこみ上げるが、自殺も気が滅入る。どちらにせよ、人が亡くなるということは、それなりの影響を及ぼすものだ。

遺体を引き取りに来た比賀谷夫妻は、霊安室で息子と対面を果たすと、父親はむっつりとした顔で大きく息を吐き、母親は声を抑えて泣き出したそうだ。

「父親は頑固そうで、母親は気が弱そうだった。自殺の原因についても、トラブルについても、思い当たることはないそうだ。それから、長男が幼い頃に事故死していて、次男が三年前に自殺している」

そう、兄は驚くことを言った。

「お兄さんも？」

「ああ。比賀谷の父親は地元では有名なほど厳格な性格らしい」

兄の話によると、家族はそんな彼に逆らえず、おどおどと顔色を窺う毎日を過ごし、父親が一家のルールで、母親はいつも怯えたように小さくなり、意見などできない家庭だったらしい。長男の勇一は幼稚園の頃に交通事故で亡くなり、それが母親の不注意が原因だと、益々その傾向は強まった。次男の勇介は子供の頃から優等生で、神童と呼ばれていたほどだったという。しかし大学進学で失敗し、近所の山林の中で首を吊っているのを発見された。勇三は子供の頃から気弱で大人しく、木を削って動物などを彫刻するのが好きで、美術大学に進学したいと思っていたようだが、父親の反対で経営学部に進学する事になった。

「それで、何もかも嫌になったんだろうと母親は言っていたね」

兄が言うと、吉井さんがそう言って、継いだ。

「まあ、大学にもバイト先にも友人ができなかったようだし、新しい環境になじめずに嫌になったのかもしれないって。課長も五月病が動機の自殺で捜査を打ち切るところだったんだけどね」

そう言うと、兄も吉井さんも刑事らしい厳しい目つきになる。

「駅やそこに向かう姿は一人だが、自殺を思わせる様子もない。だが、家にも大学にもバイト先にも近くもないここでわざわざ飛び降りたというのがわからなかった」

「それに、大学の知り合いが言ってたよね。最近は何だか楽しそうにスマホを見ていたり、機嫌良さそうに見えるときがあったって」

吉井さんもそう兄に続けて言う。

「ああ、これで他殺とはっきりしたのなら、後は犯人を捕まえるまでだ」

兄はすぐに、出品者のアカウントを開示させ、調べ上げた。警察は流石に凄いな。

「この人ですか」

写真を見せられ、比賀谷さんも僕も驚いた。

「彼女です」

「事件の翌日、他の二人と現場を見に来てたよ。何か、小遣いが足りなくなったとか、計算違いだとか、新しい人を見つけようとか、いただきますとか言ってたな」

それに、兄も吉井さんも声を揃えた。

「いただき女子か」

何だそれは。聞いたことはあるが、グルメ巡りをする女性の事だろうか？　そう考えたのがわかったのか、兄は説明をしてくれた。

「恋愛感情を利用して、嘘のエピソードをでっち上げて金銭を要求するやり方だ。その方法を指南していたということで、この前いただきルルちゃんと呼ばれていたインフルエンサーが逮捕されたんだが、その方法で金を巻き上げようとする女性をいただき女子と呼ぶらしい」

「へえ」

感心するやら驚くやらの僕の横で、比賀谷さんは項垂れていた。

「彼女はハルカと名乗っていて、親が借金まみれで高校の学費も払えないとか、生活費にも苦労しているとか言っていました」

　僕がそう伝えると、吉井さんが比賀谷さんのいる方に気の毒そうな顔を向けた。

「えっと、呼び出されて、更に金を要求されたんですね。詳しく聞かせてください」

　兄が咳払いをして言うと、比賀谷さんは顔を上げて話しだし、それを僕は伝える。

「あの日、あそこに呼び出されたんです。彫刻が趣味で、大事にしている置物があるって言ったら、見てみたいって言うから。でも、結局は金で。もうこれ以上は貯金もないし、無理だって言ったら、今ある現金だけでも出せ、クレジットカードを寄越せと。兄が半グレだから、金を持って帰らないと困るとか言ってましたけど、それは、半グレの兄がいるからっていう脅しですよね。それに気付いて逃げようとしたら追いかけられて、小突かれて、手すりを乗り越えて落ちてしまったんです。その時に、彫刻を取り上げられて、返してほしくて……」

　泣きそうな声でそう言って、比賀谷さんは俯いた。

　兄は気の毒そうに眉を寄せ、吉井さんは鼻水をすすり上げた。

「それで、その彫刻のありかのところに出てみたらその彼女とは別人だったので、返せって言ったんですね」

　僕が言うと、比賀谷さんは力なく頷いた。

「どうにか立件できないのかな」

「とりあえず、彫刻を勝手に持ち去って出品し、売却した事についての容疑は固まったが、金品の要求とかその場でのやりとりが残っていれば」

兄が言うと、比賀谷さんは考え込み、首を振った。

法治国家だ。証拠が何より大事なのは言うまでも無い。

重苦しい空気の中、比賀谷さんは目をギラリとさせた。

「許せない。もうたくさんだ。父の顔色を窺うのも、母に気を使うのも、彼女の為にと空気を読んで言うことをきくのも。美大に入って彫刻をやりたかった！　兄さんと作った彫刻を隠し持たずに堂々と飾りたかった！」

叫ぶように言って、その場からかき消えた。

「え、どこに⁉」

思わず叫んでからそれらを通訳すると、吉井さんが慌てたが、僕も内心では慌てていた。あまりにも穏やかだし、協力的だし、勝手にどこかへ行くとは考えていなかった。甘いと、京香さんに怒られるに違いない。

それよりも、行き先だ。

「父親のところか、もしくはハルカのところか」

兄が冷静に言う。

「ハルカって人、どこの人かわかるの、兄ちゃん」

「一応登録してある本名と住所はな」

家にいるかどうかはわからないが、行くしかない。僕たちは慌ただしく、彼女の家へと向かった。

＊＊＊

井上葉瑠加の家は普通のマンションで、いただき仲間のカナエとサーヤは今頃いただき中なので、大人しく家へ帰っていた。

「スマホを拾って来たけど、あいつ、ロックなんてかけてるから使えないじゃん。どうせ誰もチェックなんてしないんだし、ロックなんてするんじゃないわよ。スマホで買い物できないじゃん。使えないなあ。ダサいし暗いし、お金しか取り柄ないくせに。はあ」

嘆息してスマホのロックを解除するのを諦め、ベッドにひっくり返った。

「金魚の彫刻も、たいして値段もつかなかったし。次はやっぱり、社会人がいいかなあ。でも、半グレの兄がいるって言ってもだめかあ。今度はヤクザの父親って言ってみようかなあ」

ハルカの父親は普通のサラリーマンだが、これまでに、アル中で借金まみれの男にでっち上げられている。母親も近所のスーパーでパートをする主婦だが、ホスト狂いで昔からネグレクトしている毒親という設定だし、ハルカは一人っ子だが、半グレの兄がいる設定になっていた。

全て、ゲーム感覚でしかない。どんな嘘をついて騙したのか、ハルカとカナエとサーヤは自慢しては笑い合っていた。

「夏休みまでに旅行代金を貯めたいし、服も欲しいし、サンダルも新しいの欲しいし」

欲しいものを考えていると、不意にゾクリとするものが背中を走った。

「え、何」

体を起こし、部屋を見回す。

父はゴルフ、母はパートで留守にしており、家の中には自分しかいない。それなのに、誰かいるという感覚が拭えない。

そろりと廊下に出てみたが、誰も居ない。

自分で自分の臆病さを笑い、

「そりゃあそうだよね」

と言いながら部屋へ戻ってドアを閉め、振り返る。

ベッドの脇に男が立っていた。

ギョッとして逃げ腰になるが、男が部屋に現れた事に恐怖しただけではない。

その男が、突き落としたはずの、比賀谷勇三というカモであることに恐怖した。

「な、何で……実は無事だった……？　そんなわけない……！」

パニックになるハルカを、ゆっくりと体の向きを変えた比賀谷がスマホを手にして振り返る。

「これを持ち帰ってくれて、助かったよ。追いかけられた」

　ハルカは声を出そうとしたが、空気すら満足に出なかった。緊張で喉が張り付いている。

「騙して、楽しかった？」

「……！」

「大事だって言ったよね。金魚の彫刻」

「ご、ごめ……！」

「あれは、兄が死ぬ前に一緒に作ったものなんだよ」

「や、やめ……」

「君には、わからないんだろうね」

「ゆ、許して！」

「許すと思うの？」

「来ないで！　嫌！　ごめんなさい！」

　一歩下がると一歩近付く。とうとう壁まで追い詰められて、ハルカは頭を抱えてしゃがみ込んだ。

「どうして僕たちばっかり」

　ガチガチと音がして、ハルカはそれが自分が震えて立てる音だと気付いた。

「嫌だ、嫌だ、イヤダ、イヤダアアア！」

　それまで無表情で静かに話していた比賀谷が、突然こらえられなくなったというように叫んで変異した。目がぽっかりと黒い虚（うろ）のようになり、全身から怒りとも絶望ともつかないものがあふれている。

「ごめんなさい、ごめんなさい、ごめんなさい、ごめんなさい――!!」

ハルカは唱えながら、もうだめだ、自分は報いを受けるんだ、でも自分だけがどうして、と頭のどこかで考えていた。

そして、諦めの気持ち半分で、その時を待った。

が、一向にその時が訪れない。

恐る恐る顔を上げると、いつの間にか部屋に見知らぬ人が増えていた。

＊＊＊

「比賀谷さん。そこまでです」

僕は彼を睨み据えた。

「あなたの事情には同情します。怒りにも共感します。でも、これはダメです。そんなことをするなら、僕はあなたを強制的に祓わなければなりません」

僕はそう言いながら、比賀谷さんから目を離さずにいる。

視界の隅で、腰を抜かしたハルカを兄と吉井さんが保護するのを見た。

ミチヅレニ　シテヤル
ソノオンナハ　ユルサナイ

僕はそう叫ぶ比賀谷さんが、泣いているように思えた。

「ハルカさん、あなたは自分のしたことがわかっていますか」

ハルカがビクリとして泣くのをやめた。

「反省していますか。警察で全部話せますか」

「そ、それ、は……」

迷うハルカに比賀谷さんの出す黒い圧力が増し、ハルカは精一杯叫んだ。

「私だけ損じゃない！　カナエだってサーヤだっていただきしてるのに！　何よ！　何で私だけなのよ！」

兄が、静かだが力の入った声を出す。

「詳しくその話を聞かせてもらいます。署までご同行願えますか」

「あ……」

しまったと言いたげにハルカが唇を噛む。

それを見て、比賀谷さんは元の姿に戻っていった。

「だ、騙したのね!?」

「君も、ぼくを騙した。そして、殺した」

「……！」

ハルカは啜り泣きながら、兄と吉井さんに腕を取られて部屋を出て行った。

その後、ハルカは驚くほど素直に自供した。巻き上げた金額も、でっちあげたストーリーも、仲間である柳（やなぎ）花苗（かなえ）と灰田沙亜矢（はいださあや）の事も。

その結果、三人とも逮捕され、新聞に大きく取り上げられた。

比賀谷さんは、最後に両親に会わずに成仏した。

父親は窓の外で風に泳ぐ鯉のぼりを見ながら、

「長男が死んでしまったから、この子たちは強くたくましい子にしなければと思った。それに、危ない目に遭わないように、困難な人生にならないようにと思って、安全な進路を考えてきたつもりだった。どうして、こうなったんだろうなあ。こどもの日に、鯉のぼりを見てはしゃいでいたのに。いつの間にか、一緒に笑うことが無くなっていたなあ」

と言って金魚の彫刻を手に泣いた。

母親も、泣いていた。

お互いの気持ちが通じ合っていなかったが、父親は父親なりに考えてはいたようだ。どこかで話し合える機会があれば、今頃、違った家族風景になっていただろうに。残念だ。

家族は、想い合い、考えていることを正直に話し合える事が大切なのだと思う。

考えながら、黙々とご飯を作る。

今日は端午の節句だ。鯉の形に盛り付けた寿司飯に、うろこのようにスモークサーモンを重ね、目の所にはうずらの卵を置き、ヒレには錦糸卵を並べた。棹はアスパラだ。それと手羽中の甘辛揚げ、数種類の造りの盛り合わせ、うすあげにミンチとひじきと人参を詰めて炊いた煮物、えびしんじょと木の芽のすまし汁。

「お、鯉のぼりだな」

手を洗ってきた兄がテーブルの上を見て言った。

「細かいな。へえ、きれいだな」

大変じゃなかったとは言わないが、兄の言葉で満足だ。

手を合わせていただきますをしてから、兄がふと言う。

「怜。お前は何かあったらすぐに兄ちゃんに言うんだぞ。文句でも、なんでもだ」

比賀谷さんの事を思いだしているんだろう。僕も言っておこう。

「うん。兄ちゃんもな。絶対に」

僕たちは笑って、皿の上の鯉のぼりに箸を付けた。

第四話　豆腐入りふわふわ和風オムレツ　～呪殺師・毒蜂の企み～

もう何年も前から空き家問題は深刻に取り上げられていたが、実感したのは、これが初めてだった。廃業した郊外の病院。歩き回る患者に、追いかけてくる患者。怪談としてはありがちではあるが、それはとりもなおさず、本当にいるということなのだろうか。

それよりも、切実にこう思った。

「廃業するんなら、なんで医療器具とか備品とかを処分しとかないんだろうな」

週に三時間ほど寝れば済む無眠者なので夜通し仕事をするのは平気だが、浄霊に抵抗して、本棚を倒したり、カルテやメス、ピンセット、針の付いた注射器などを投げ飛ばしてくるのには閉口した。感情が顔に出難いだけで、ちゃんと、感情はあるのだ。

「いや、そこ？」

京香さんが呆れた笑いを浮かべる。

「じゃあ、幽霊と言えども、これは不法侵入、不法占有にあたるというところを突っ込みましょうかね」

廃病院に出るという噂があり、持ち主から浄霊の依頼を受けて、二人で来たのである。

説得に応じるものは自発的に成仏してもらい、そうでないものは強引に浄霊することになる。霊の負担やこちらへの反動もあり、できれば穏便に済ませたいのが本音だ。

「さて、お疲れ様。怜君ももう本当に独り立ちして大丈夫ね。ああそう、はぐれの呪殺師には気を付けてね」

「呪殺師、ですか」

「この力を悪用して、呪殺を請け負う外道の術者がいるのよ。滅多にないとはいえ、かち合ってやりあうこともあるから」

「はい」

「じゃ、おやすみ」

「おやすみなさい」

各々、自宅へ帰る。

玄関を開けると、即、兄が自室から顔を出した。

「ただいま」

僕が言う間にも、変わったところはないか、けがはしていないか、チェックしているのだ。浄霊で心配をかけている自覚はあるが、この体質になったあと安全に生きるノウハウを学ぶ必要があったので、これは仕方がない。

「おかえり。コーヒーでも飲むか」

「うん」

手洗いをしてリビングへ入る。

ついでに夕方作っておいた桃のタルトを出す。

「今日は廃病院だったんだけど、医療機器とかカルテまで残ってたのには驚いたよ」

「捨てればいいのにな」

「そうだよなあ」

兄弟で色々と話すのは、日課だ。

と、電話が鳴る。こんな時間にかかってくるのは、ほぼ間違いなく、兄へのものだ。だから事件かと思ったのだが、意外にも受け答えの後、またテーブルに着いた。

「あれ？　仕事の電話じゃないの？」

「ああ、署からには間違いなかったんだが……」

警察官が家で話せる事なんてそうそうない。が、少し考えた挙句、こう切り出した。

「実は昼間、詐欺容疑で取り調べていた男が、いきなり苦しみだしてな。救急車で病院に運んだんだが、結局死んでしまったんだ。念のために解剖したんだが、今の電話はその報告でな。毒死だった。でも、飲食はしていないし、遅効性の毒でもないし、胃にカプセルもなければ、注射痕もない。不可解としか言いようがない状態だったんだ」

「こんな時、推理小説なら、指、ボタン、筆記用具を疑うけど」

「取調室に入った人間も中の備品も、全部シロだったそうだ」

「それは、困ったな」

「ただ、胸に赤い蜂の形のアザのようなものが見られたそうだ」

「蜂？」

「ついこの間急死した国会議員も、全く同じ状態で亡くなり、赤い蜂のアザが胸にできていたそうだ」

　ザワザワする。

「この前の事件も、似たような始まりだった気が……」

「……」

　霊関係なんだろうか。少し興味深いのは確かだが、面倒事の予感がするのも確かだ。

　しばらく無言でおやつを食べていた。が、放っておけば、何だか兄に危険が降りかかる予感がする。面倒くさいが、兄の身の安全には代えられない。

「兄ちゃん、その人のご遺体、見せてもらったらだめかな」

「だめに決まっているだろう」

　ギョッとしたように兄が言う。

「そうだよな。一般人が――」

「何かあったらどうするんだ。万が一の事があったら危ないからやめなさい」

　だめの意味が違っていた。

「ああ、でも、霊能者として気になるんだよ。危なくなったら逃げるから」

「プロの勘と言われれば……本当はだめだが、どうも気になるし……仕方ないか」

内緒で、見ることになった。

警察病院まで車で行き、遺体安置所へ入る。今日はやけに病院に縁のある日だ。

こんもりと盛り上がったベッドの傍に立ち、合掌してから、掛けられているシーツをめくる。二十代半ばの優しそうな男で、青白い死者独特の顔色をしていた。そして、白い経帷子の胸元をそっと広げる。

親指の爪程度の大きさの暗赤色の、スズメバチのような形のアザがあった。

そして何よりも、臭いがした。

「悪意の臭いがするよ」

厄介で面倒な事にならなければいいのにと思いはするが、どうにも、厄介事の予感しかしない。

「ああ……そうか」

兄も嘆息する。

ああ、本当にどうなっているんだろう。全くもって、面倒くさい。

窓の外の噴水が光を受けてきらめき、六月初旬の爽やかな風が軽やかに通り抜ける。そんな気持ちの良さをぶち壊す話題を、今日もエリカは楽し気に持ち出してきた。

「呪殺代行よ、殺し屋よ、呪いなのよ」

エリカが目を輝かせながら力説した。ユキはそれに困ったような目を向け、直は興味薄そうに食後のお茶を啜る。

僕を含めたこの四人が心霊研究部の全部員だ。

それと、まだここへ来たこともないが、顧問になってくれたのは地学の辻本誠人（つじもとまこと）先生だ。若いのに若さがあんまり感じられず、トレードマークのように白衣をはおっている。

長期休暇は地質調査やら発掘やらに行くのが楽しみで、顧問なんて凡そ引き受けそうになかったのに、どうやって頼んだのかとエリカに訊いたら、どこかのクラブの顧問をするようにと言われ、休みにも練習や試合のあるバスケットボール部の顧問を引き受けざるを得ない状態だったので、心霊研究部なら幽霊顧問でいいですよ、楽ですよ、とアピールしたそうだ。

そんな話を持ち掛ける方も持ち掛ける方だが、よく引き受けたな。どれだけ自由が欲しいんだ、先生。

「ネットでもかなりたくさんそういうサイトがあるけど、どうなんだろうねえ」

直は懐疑的だ。

そういう僕も、昨日あの遺体を見るまではそうだった。

「一般論では、呪（のろ）われていると思う事で委縮したりして悪い結果を引き寄せて、自滅していくみたいな……」

ユキに、助け船をだす。

「ノーシーボ効果だな、マイナスに働くプラセボ効果。呪われているんじゃないかと知らせなければ、なんの意味もない」

「でも、ほんとに呪いが効いたっていうのもたくさんあるじゃないの！」

「まあ、ガセが九十九パーセント強、本物が少々ってところじゃないか。ネットで営業かける代行業者は、どうかと思うけどな」

「そうですね。凄い数の人が、呪ったり呪われたりしてることになりそうですものね」

「ネットはお手軽だもんねえ。かなりの人が頼んでるんじゃないかねえ」

「むうう。まあ、ほとんどがガセだというのには異存はないわ。でも、毒蜂は本当らしいの。依頼を受ける相手を選んで、個人的に返信してくるんだって」

　そこでエリカは声を落とした。

「そこでね、引き受けてもらう事になった人がいるんだけど、これがどうも、六組の坂口さんだと思うのよ」

　僕は、直を見た。

「坂口沙織、演劇部の子だねえ。入学早々皆川康君とつきあい始めて、一週間前にはもう別れたはずだよう」

「詳しいな」

「演劇部に知り合いがいてねえ。で、聞くところによると、未練たっぷりの皆川君が、ストーカー化してるとか。それで坂口さんは悩んでるそうだねえ。依頼者が坂口さんなら、ターゲットはまず、皆川君で決まりだねえ」

一斉に黙り込んだ。

「つまり、エリカ。その呪いが本当かどうか確認したいわけか。となると、死ぬのを今か今かと待つということだな」

「う……それは……」

いいぞ。このまま諦めてしまえ。

「止めるにしても、本当に本人かわからないよねえ。たぶん、依頼したとは認めないだろうし」

直も困ったように言った。

「まず、どうして坂口さんだとわかったの、エリカ」

ユキの問いに、エリカが勢い付く。

「仮名さおりん、猛勉強の末に進学校に合格したら気が抜けて、演劇部で、入学直後に付き合ったけど一週間前には別れて、ストーカーされてるって。あと、怜君の首の手形事件にもふれてあったし、時間割があのクラスと同じなの」

こんなふうに個人特定される、いい見本だな。

「取り敢えず、二人を見張ってみたらどうかと思うの。それで、様子をみたらどうかな」

再度、考え込む。

「まあいい。ちょっと今回は、毒蜂というのにひっかかりがあってな」

「じゃあ⁉」

「しばらくの監視くらいなら」

「ボクも、呪いが本当なら気になるなあ」

「やりましょうか」

「決まり！」

決まったところで予鈴が鳴り、急いで部室を出る。特に僕ら一組と二組は、次が体育だ。更衣室で着替える必要があるので、今日はカバンごと持ってきている。このまま、更衣室へと走りこむ。

と、僅かに、臭いがした。悪意の臭いだ。

どこだ、どいつだ？　一組と二組の男子がゴチャゴチャと着替え始めている室内で個人を特定するのは、困難だ。

「はい、ちょっとごめんねえ」

上手く空いているスペースに滑り込む直に先導されるようにしてそこへ落ち着くと、直が顔を寄せてきてコソリと、

「怜の隣が、皆川　康君だよう」

と囁く。

何という手回しの良さ！　やり手の執事か！

ありがたく、着替えながらチラッと隣を盗み見る。

クラスに必ず何人かいる、そこそこ目立つタイプのやつだ。カッターシャツを脱いで、Tシャツも脱いだら、目が釘付けになった。

「な、何だ、御崎」

思わず、アザが小さいから良く見て確認しようと、接近して凝視してしまっていた。イカン、これでは変な人だ。直は片手で顔を覆って「あちゃあ」とか言っているし、皆川はギョッとしたような顔をして身を引いている。

「ああ、良く鍛えてると思って驚いた」

「ああ、そうか。プロテイン飲んでるからな」

はははっと笑いあう。危ないところだった。

着替えて三々五々グラウンドに出て行く。僕と直も続きながら、直が、

「どうかしたんだね」

とウキウキして言うのに、

「胸に小さい赤い蜂のアザが、三つあった。詳しくは言えないが、死ぬかもしれない」

と、答える。

「わあお」

まさに、わあおだ。

おかげで、気になって気になって、サッカーに身が入らなかった――いや、暑くて、食後で、面倒くさかったからでは決してない。

放課後になった途端、飛んできたエリカに、

「たぶん、ターゲットだな」

と言うと、エリカは一瞬「やっぱり」と言いた気に嬉しそうな顔をし、次いで「どうしよう」と困った顔をした。

本当に、わかりやすいやつだな。

「ということは、坂口さんなのかな、やっぱり」

「坂口さんに直に訊いてみますか」

「何て。直接、ダイレクトにか」

「呼びかけてみようか、さおりんって」

「え？」

「え？」

突然、固まる僕たちの外からかかった声に、揃って顔を向けた。

ハッキリとした顔立ちの女子が、目を見開いてこっちを見て突っ立っている。そして、悪意の臭いがした。

「さおりん？」

エリカが呼びかけると、視線を泳がせて挙動不審な感じになる。

「何の事」

「毒蜂」

「！　人違いよ」

　エリカ並みのわかりやすさだった。

「変わった事はないか。例えば、赤い蜂のアザができたとか」

「何の話かわからないわ」

　言いながら、右手を後ろに回すというのは、そこにあると認めているのと同じだ。

「訳わからない事言わないで」

　こちらを睨みつけて、小走りで離れて行った。

「間違いないわ」

「でも、どうするの」

「呪殺って、殺人で有罪にはならないんだよねえ」

「証拠がないからな、間違いなく呪うという行為で殺したのかどうか。これは、面倒な事になったぞ」

　四人は同時に、大きな溜め息をついた。


　我が家の稲荷寿司は、三角だ。稲荷と言えば狐で、狐の耳は三角だ。だから関西、特に京都では、昔から稲荷寿司は三角らしく、関西出身の母の作る稲荷寿司は三角だったのだ。

だから、三角に切った薄揚げを油抜きし、甘辛いつゆで炊いたり冷ましたりを一晩繰り返して綺麗な狐色の甘い揚げに仕上げて、干瓢（かんぴょう）や人参などを加えた五目稲荷にする。

それに、茗荷（みょうが）のかつお節和え、キスと青じそとレンコンの天ぷら、ハモのすまし汁。

兄の満足そうな様子に、まだ少しハモが高かったのだが、買って良かったと思う。

「あの赤い蜂のアザなんだけど、呪殺代行サイトの毒蜂っていうのが関係してるみたいだな」

「毒蜂？」

僕は、昼休みから放課後までの一部始終を兄に語った。

それをジッと聞いていた兄はやはり難しい顔で、稲荷をひとつ食べる間考えてから、

「厄介な案件だな」

と言った。

「この前の人と国会議員が呪殺されてたとしても、それが毒蜂によるものか、呪いで本当に死んだのか、科学で証明できないからなあ」

「サイトからその呪殺師を名乗るヤツは特定できても、そこまでだな。ただし、そのストーカー化した元彼の方は、やめさせるようにはできるだろう」

「そうだね。明日、皆川はストーキングをやめるように、坂口は依頼を取り下げるように、説得してみるよ」

考えただけでも、すぐに納得してくれるとは思えず、面倒くさい事この上なかった。

「しかし、呪いか。呪いなあ」

その気持ちはよくわかるよ、兄ちゃん。

「あ、そういえば京香さんが、ほんの少しだけだけど、本物の呪殺師はいるって言ってた

なあ」

　後で聞いてみようと思いながら、揃って「ごちそうさま」と手を合わせた。

「毒蜂？　それ、蜂谷かもしれないわ」

　京香さんの所へ行ってみると、京香さんは稲荷寿司で飲んでいた。そしてもう少しつまみが欲しいと言うので、冷凍庫のスライスレンコンを魚焼きグリルで焼いてから、味噌を塗って軽く炙って出した。

「ありがと、怜君。おお、焼酎に合うわあ。お代わり、お代わりっと」

　何だろうな、この残念感は。

「蜂谷というのは」

「この前言ったでしょう。稀にいる、呪殺を請け負う外道の術師。蜂谷はこの一人でね。元は熱意のある術師だったんだけど、妹さんが自殺したの。原因はハッキリしなかったそうよ、誰も何も証言しなかったから。だけど、ある日蜂谷は行方をくらませて、妹さんの勤めていたブラック企業の上司、同僚は、次々と亡くなったのよ。全員、スズメバチのアナフィラキシーでね。刺された痕もないのに」

「うわあ、怪談ですね」

「そうよぉ」

　グビッと飲んで、真面目な声で継ぐ。

「あいつは本物よ。関わらない方が賢明よ」

「はあ」

「でも、そういうわけにはいかないのよねえ、君は」

「非常に面倒くさいんですけどね」

肩をすくめて、苦笑してみせた。


校舎裏の人気のないエリアに、皆川を呼び出しておいた。勿論、告白でもなければ、カツアゲでもない。ストーキングをやめるようにとの忠告だ。

「何の根拠があって言ってるんだ」

と認めようとしなかったが、直がメモ帳を開いて、

「登下校時に後をつける、部活の練習をジッと見る、写真を隠し撮りする、スマホにのっとりアプリをしかけて盗み見する。全部、アウトだよねえ」

と調査結果を披露する。

一晩で凄いな、あいかわらず。

「キモッ」

と、エリカとユキは皆川から半歩後じさった。

「今のうちにやめとけ。警察に訴えられたら、おおごとになって、面倒だぞ」

心からの忠告だったが、

「う、うるさい、関係ないだろう！」

　と、走り去ってしまった。説得失敗だ。

「ううむ。退学になって、補導されて、ニートになって、孤独死するという仮定ルートでもっと脅してみるべきだったか。それとも、他の女子でも紹介すべきだったか」

「怜君、バカな事言わないで。あんなストーカー化するような危ないやつに紹介できる人なんていないわよ」

「彼氏ができたら成仏してもいい、なんて言ってる女の子の幽霊、どこかにいないのかねえ、怜」

「それだ。ナイスアイデア、直」

「その場合、彼女を追ってお坊さんになるとかですかあ？」

　僕、直、ユキのバカな会話にエリカは首を垂れて脱力していたが、気を取り直し、

「さ、次行くわよ」

　と、僕らを促した。

　坂口さんを呼び出しておいたのは、部室だ。

　部室に入って五分ほどで坂口さんが来た。

「呼び出してごめんなさい。でも、人のいない所がいいと思って」

　エリカがそう言いながら、椅子を勧める。

「いいから、用件は何」

かなり警戒している様子だ。

「毒蜂への依頼を取り下げてほしいの」

「はあ？　何の話」

「呪いであろうと、殺人の依頼よ。どんなに腹が立ってる相手でも、死んだらずっと罪悪感が残り続けるわよ」

「自業自得じゃない、皆川の――あ……チッ」

勢いで、依頼を認める。

「警察に相談したらいいよ。その方がずっといい」

「皆川君にストーカーをやめるようにと説得しますから」

さっきは失敗したけどな。

「嫌よ。こっちは散々嫌な思いしたんだから、向こうも嫌な思いをすればいいじゃないの」

「嫌な思いで済まないから頼んでるんだけどねえ」

直が、肩をすくめてみせる。

「どうせ、本当に死ぬわけないじゃない。ネットで頼んだ呪殺代行なんて。ねえ」

坂口さんは包帯を巻いた手首を無意識でなのか握り締め、引き攣ったような笑いを浮かべた。

「わかってるんじゃないのか。赤い蜂のアザ」

効果は劇的だった。

坂口さんは全身をギクリと強張らせ、自身の包帯に目を落とした。

やはりそこにも赤い蜂がいるのか。

「人を呪わば穴二つ」

「こっこれは違うわよ、依頼者の印で、遂行状況を確認するだけの……」

「後学の為に見せてもらえるとありがたいんだが」

言ってみれば、迷うそぶりを見せてから、素直に包帯を解き始めた。

やがて現れたのは、手首に並んだ赤い蜂のアザが二つ。ただし、色は鮮やかな赤だった。

「昨日は三つだったのに、今朝は二つになって……」

カマをかけてみたら当たってラッキー、くらいの気持ちが、引き締まる。

「まさか、明日はひとつ？　ひとつになったらどうなるの？」

エリカの問いに、ユキが、

「それはもう、アレなんじゃないですか」

と答えた途端、坂口さんは狼狽えはじめた。

「人を呪わば穴二つって、本当に？　私、どうなるの？」

「……依頼した時の事を詳しく教えてくれ」

「ええっと、ホームページに、こんな事があった、許せない、とか書いてたら向こうから返信が来て、依頼を受けましょうって。それで、本当に依頼するなら『頼む』っていう方をクリックしてくださいって書いてあったから、『頼む』と『頼まない』の、『頼む』の方をタップしたの。そうしたら何かピリッと静電気みたいなものが指に来て、次の日、手首にアザが三つできてた。ねえ」

「説明はあったんだろ。代行の報酬は」

「あ、スマホにメールで説明が来てた。消すように書いてあったから消したけど。ねえ」

「消したか……。まあいい。何て書いてあったんだ」

「三日後、アザが一つになった翌日に依頼は遂行します。これは困っている人を助ける為の善意のボランティアなので、報酬はいりません。警察などに言わないで、このメールも、読んだら消去してください。あなたの未来に幸あらん事を——って。ねえ」

「何が善意だ、悪意の臭いがこんなにしてるのに」

「ねえったら！」

坂口さんが、こっちの腕に掴みかかって必死の形相で迫って来る。

「私はどうなるの、私は死なないわよねえ」

心配は自分だけか。

どうなるかなんてわかるわけないだろう、そう言ってやりたい。

「知り合いに相談してみるから、そうだな、昼休みにここへ来てくれないか」

坂口さんは怯えながら、部室を出て行った。

どんよりと重い空気が満ちていた。それは坂口さんと皆川、二人のゲストのせいだ。ついでに胃も重い。それは急いで弁当を詰め込んだせいだ。

「呪殺だって？　バカバカしい」

鼻で笑う皆川に、溜め息を堪えて言う。

「胸に赤い蜂のアザができただろう。昨日は三つあったのが、今日は二つになってないか」

虚を突かれたような顔をした。

「そんなアザが突然できるか。日によって数が変わるアザだぞ」

「……」

「バカバカしくとも、現実を見ろ。アザはお前の胸にあるし、多分、明日は一つになるだろう」

「…………！」

皆川は動揺も露わに胸や僕や坂口さんを見た後、坂口さんに対して、見事な土下座をしてみせた。

「俺が悪かった。謝る。もうつけたりとかしないと約束する。だから、頼む。依頼を取り消してくれ」

坂口さんはそれを見て溜飲を下げたらしい。

「約束よ。ここにいる……何部だっけ」

「心霊研究部よ」

「心霊研究部の人達が証人だからね」

コクコクと皆川が頷く度に、ゴンゴンと床に額をぶつける音がする。

坂口さんはスマホをいじっていたが、その表情が徐々に、怪訝になり、強張っていく。

「つながらない。アドレスが消えて、メールが送信できなくなってて、何で？」

依頼メールのアドレスはもう解約されているようだ。

毒蜂の表向きのホームページはまだあるが、二日前から、マスターとやらのコメントがない。

「依頼の取り消し、できないの？」

全員が凍り付く。

「土下座したのに!?」

「それとこれとは別でしょ!?」

「だったらお前も俺に謝れよ！　呪殺の依頼しましたって！」

二人がギャアギャアやりだすのに、頭が痛くなってきた。

「ちょっと、いいか。おい、黙れ」

ピタリと口を噤んだ二人が、同時にこっちを向く。息ピッタリだ。

「気休めかもしれないが、お守りをもらったから、これを念のために持ってろ」

京香さんにもらった二つのお守りを、坂口さんと皆川、各々に渡す。

受け取ろうと伸ばした手がお守りに触れる。その瞬間、突然お守りが炎をあげて燃え尽きた。

全員が、沈黙して、お守りの燃えカスを凝視していた。

「火事にも火傷にもならなくて良かったです」

「ユキ、それは本当の火じゃなくて、オーラの火なのよ。多分」

「まずいよお、怜」

「仕方ない。頼んでみる」

僕はスマホを取り出して、兄と京香さんに助けを求めるべく電話をかけた。


水切りしておいた豆腐を崩し、しらす乾し、刻んだ菜っ葉、割りほぐした卵と混ぜてフライパンで焼く。焦がさないように、でも中まで固まり切らないように中火で焼くと、豆腐入りふわふわ和風オムレツになる。しめじとえのきの株の下の方の短いのを集めたものはお浸しにして、ままかりを軽く炙る。味噌汁は玉ねぎとわかめ。ごはんは土鍋で鮎飯だ。

「ん、美味い。ほろ苦いのが、鮎らしくていいな」

「蛸(たこ)飯もしたいんだけど、今回は鮎で」

「美味いよ、うん。オムレツもいい具合の焼き加減だな」

兄が気に入ったようで、何よりだ。満足して、直にも目を向ける。

「怜、怜、これ残ったら明日おむすびにして弁当にしたいよう」

「フッフッフッ。任せろ。そのつもりで多めに炊いてある」

急遽皆川は京香さんの部屋に張った結界の中で今夜は過ごす事になり、直は合宿と称して、うちで待機する事になったのだ。

「例のサイトだが、登録してある氏名住所はデタラメだったし、海外のアドレスも複数経由していて、身元を辿るのは難しいな。上には他の事件との関連を進言してある。近く、合同捜査になるだろうと言っていた」

そう兄が切り出す。

詐欺師と国会議員が急死し、胸に赤い蜂のアザがあった事は、とうにネットで広まっていた。

「忙しくなるなあ」

「ああ。まあ、仕方ない」

「その前にまずは皆川だけど、どうだろう。京香さんの結界でなんとかなるのかな」

「京香さんは五分五分だって言ってたねえ」

その京香さんと皆川も、隣で夕食を食べているだろう。特に皆川は心配で味もわからないだろうし、京香さんは禁酒でブウブウ文句を言っていたが。

「今後も続きかねないよねえ」

「まあ、模倣犯はないとは思うけど、詐欺は増えそうだな。呪いを撥ね返す壺とか、呪殺してやるからいくら出せとか」

「ああ。確実にあるね」

「……それを上も警戒してたよ」

三人で嘆息し、後は学校の事とか、今年の梅雨と夏の暑さについてとかを話して、食事を終えた。

後片付けをして、弁当に入れるものを考える。鰆の西京漬け、南瓜の茶巾絞り、人参といんげんのナムル、ひじき大豆でいいか。肝心な弁当箱は、竹を編んだ長方形のもの。以前食べた駅弁の空き容器だ。

それにしても、どういうシステムになっているんだろうか、毒蜂の呪いは。一度も接触が無い相手に、どういうふうに赤い蜂、毒蜂を送り込んだというんだろう。

静電気みたいな、と言っていたあれだとしたら、電波を使って送り込んだという事になる。だが、皆川はどうだ。毒蜂からのスパムメールじみたメールでも受け取っていたんだろうか。

「今度実験してみるか」

「何をかねえ？」

「スマホを使って電波で思念とかを送れるか」

「おお、やってみようよう」

直は好奇心で目をキラキラとさせてスマホを取り出した。

「そうだな、何を送ってみようかな」

「思い浮かべた数字とか、明日の献立とかはどうかねえ？」

「献立は長い。明日のデザートでいこう」

僕もスマホを出し、取り敢えず直にかけて繋ぐと、「プリンー、プリンー」と念じてみる。

直はスマホにタッチしながら、

「わっかんないなあ。ヒントちょうだい」

と言う。

「ええっと、柔らかくて甘い――ちょっと待て。クイズじゃないんだから」

「あ、そうだったねえ」

そんな僕らを兄が呆れたように見ていた。


もうすぐ日付が変わる。

兄は自室で寝ているし、直は僕のベッドで寝ている。僕は一人で、毒蜂のシステムについて考えていた。

電波を使って、坂口さんには印を、皆川には呪詛を送り込んだとしか思えない。僕や京香さんにできなくても、蜂谷にはできるのだろう。自動でアザが消えていくのも、そういう術式を組めばできると京香さんが言っていた。後はこれがキャンセルできるかどうかだ。

パソコンやゲーム機を途中で無理やり止めたら、壊れてフリーズすることもあるし、データが飛ぶ事もある。

ではこの場合では、それは何に当たるのか。フリーズは、意識障害とかか。データは、記憶喪失とか、最悪は死だろうか。

送り込まれた呪詛は、どういうものなんだろう。あの蜂の形に意味はあるのか？　毒蜂だから蜂、それとも蜂だから毒蜂？

明日京香さんに、蜂谷という術師についてもう少し詳しく訊こう。

そう決めた時、嫌な感じがした。

すぐに隣の家、京香さんの家へ行く。

皆川のいる客間の明かりが点いていて、飛び込むと、シャツがはだけた皆川の上に馬乗りになっている京香さんがいた。

物音で起きたのか、兄と直も来た。

ガックリと項垂れて、京香さんが呻くように言う。

「やられたわ」

「どうみても、やられたのは皆川だよう」

直の軽口にギロッとした目を向けて、

「私のタイプはもっと大人で経済力も抱容力もある料理も上手な私だけを見てくれるイケメンよっ」

と主張する。

「いや、そんなヤツはいないだろ」

いても、そんなヤツは京香さんのところには来ない気がする、と、料理だけでなく整理整頓も苦手だと丸わかりな室内を見回して心の中で皆川のセリフに続け、僕はハッと、兄を背後に庇った。

「いや、わかってたけどねえ、怜のその行動は」

直は笑ってから、訊き直した。

「で、どうしたのかねえ」

「つい今しがた、蜂が一匹消えたのよ。この結界を破ってね」

忌々し気に腕を組んで仁王立ちになる京香さんの足元に座り込んだ皆川の胸には、赤い蜂が一匹だけ、留まっていた。


全員グッタリと、座り込んでいた。

あの後、手首の蜂が減った事に気付いた坂口さんがパニックになってエリカに電話をかけたせいで、坂口さん、エリカ、ユキがここへ押しかけて来た。兄は変化があったら連絡するようにと言われていたので係長に電話をしたら刑事が七人も来、しかも、警察病院の医師とかまで来たので、京香さんの部屋は凄い事になっていた。

アザが消えないかとこすったり、叩いたり、冷やしたり、反対に増やせば猶予ができるのではないかと、赤の油性マジックペンで蜂の絵を書き込んでみたり。

もう皆川の目は、既に死んでいる。

「京香さん、ほかの霊能者に何か知ってる人がいないか――」

「もう、訊いたわよ。空振りだったけどね」

「くそっ。毒蜂を逮捕できなくても、せめて無効化できれば幹事長は──」

「向井君！」

警視庁からの刑事の一人が失言をし、それを別の一人が咎める。どうやら、どこかの政党の幹事長とやらも、胸に赤い蜂を飼っているようだ。

「蜂か。どうせならミツバチで、蜂蜜をプレゼントしてくれたらいいのに。蜂は蜂でも、駆除対象生物のスズメバチだもんね」

坂口さんがやけ気味に言う。

ああ、よくテレビで蜂の巣の駆除とかしてるな。あれ？　スズメバチの巣を駆除する時、もうもうと煙を吹き付けて蜂を巣から追い出してるよな。アザは蜂の形だし、いけるかな？

直も同時にピンと来たらしい。

「もしかしたら……」

僕と直は慌てて立ち上がると、僕は自宅から線香を持ち出し、直は扇ぐものを探し出した。それで、線香に火を付けて、煙を皆川と坂口さんの蜂に送り込む。大量の線香なので、煙が凄い事になっていた。

いや、線香でなくても煙がたくさん出ればよかったんだが、とっさに燻製と線香しか思いつかなかったのだ。

「スズメバチの、ごほっ、く、駆除、ごほっ、ごほっ」

「ぶ、仏像か、ごほっ、げほげほっ、俺は、ぶほっ」

「死んだら、げほ、リアルに仏だぞ、げほっ」

泣きながら煙を扇ぐ。

京香さんは、

「部屋が線香臭くげほげほげほっ」

と、そっちの意味でも泣いていた。

線香係、扇ぎ係を皆で交代して扇いでいると、変化があった。蜂がブレたようになり、フッと浮き出て、羽を震わせたのだ。

そこへすかさず、浄化の力を叩き込むと、蜂はポロリと落ちて、消え失せる。

皆が目の前の現象に呆然とする中、幸か不幸か慣れてしまっているメンバーは強かった。

窓という窓を開け、ドアも開け放ち、バタバタと煙を外へと追い払う。線香はビールの空き缶に突っ込んで、水を入れた。そして、

「兄ちゃん、線香買ってこないと。無くなったよ。ごめん」

と僕は謝った。

咳と涙が収まってくると、警視庁の刑事のうちの一人は廊下に出てどこかへ電話をかけ、兄の上司の係長は、

「また明日——いや、もう明けてるか。じゃあ後——でいいから、詳しい話を聞かせてもらうよ」

と、力なく言った。

「はい」

「あ、僕なら今からでも構いませんよ」

「そうかい？」

と兄の顔色を見て、

「じゃ、そうさせてもらおうかな」

と、言い直す。

と、そこで、坂口さんのスマホが鳴り出した。坂口さんと皆川はグッタリとしていて、寝かされて医師の診察を受けている。それでも電話に出た坂口さんは、

「ヒッ」

と声をあげて、スマホを投げた。

拾って耳に当てると、

『あれ。もしもーし』

と相手が言っていた。

「あのぅ」

『あれ、さおりんちゃんじゃないね。あ、君がそうか、術師だね。見事に返されちゃったよ、呪詛。たいしたもんだ』

「それはどうも。まあ、まぐれみたいなもんでしたけどね」

『あれ？　子供？』

「さあ。どっちみち、子供は子供かと問われれば子供じゃないと答えるものですよ」

『ははは、君、おもしろいねえ』

「そう言われるのは初めてです。ひとつ訊いてもいいですか。依頼者のさおりんさんには、何もするつもりはなかったんですか」

『そんなわけないだろう。人を呪わば穴二つってね。依頼料は、依頼人自身さ。僕の傀儡（くぐつ）になってもらう』

「善意のボランティアが、聞いて呆れるな」

『そう言うなって。君、気に入ったよ、うん。機会があれば、また遊ぼう』

「いやあ、知らない人と遊ぶのは、ちょっと。人見知りなんで」

『プッ、ははははは。まあいいや。じゃ、またね』

　そして、一方的に切れた。

「……ああ、面倒くさそうなやつだな、全く」

　嘆息すると、兄と目が合う。

　咄嗟（とっさ）に録音していたスマホは警察で調べられたが、毒蜂の行方などはわからないままだったし、どれだけの犠牲者がいるのかもわからないらしい。

　ただ、坂口さんと皆川は衰弱していたが命に別状はなく、幹事長とやらが亡くなったというニュースも聞かないので、助かったのだろう。ああいうふうに燻されたんだろうか……。

そして僕ら心霊研究部は、京香さんの家の大掃除と片付けをしていた。

線香臭くした復旧作業でもあるし、あまりにもな部屋が不憫でもあったからだ。

ようやく、これまで隠されていた部屋も公開できるように片付いて、ユキが作って来たマフィンでお茶となる。

「それにしても、人を呪うのまで他人任せ、おまけにネットとは。時代ねえ」

しみじみと京香さんが言う。

「丑三つ時にカーン、カーンと五寸釘を打ち付けるのが、やっぱり雰囲気があって、呪いって感じよねえ」

「様式美ですね」

「そうか？　白装束に、五徳を被ってロウソクを立てて、それを誰にも見付からずに七日間だったか、やるんだぞ。そんな面倒くさい事、絶対ごめんだな。アルバイトでお金もらっても嫌だ」

「それで、ネットで代行なんだよう。現代ならではだねえ」

ああ、嫌だ、嫌だ。

「うん。美味いなこれ。このレシピ教えてくれ、ユキ。兄ちゃんが好きそうだ」

「ありがとう。いいですよ」

ニッコリと笑う。美味しい料理は褒めるべきだ。褒められたら嬉しいし、作った甲斐もあるというものだ。

「それはそうと、毒蜂こと蜂谷。何か仕掛けてこないだろうねえ」

「縁起でもないことを。もうこんな騒ぎはこりごりだよ、面倒くさい」

「流石に同感だねえ」

一同揃って、嘆息したのだった。

第五話　甘くてしょっぱいパンケーキ　～生き霊とかげふみおに～

　七月半ば、まだまだ梅雨が明けて夏が始まったばかりだというのに、朝とは思えない暑さでげっそりとなる。それでも、明日から夏休みになるとあって、浮かれた空気が漂っていた。


「こんなものかな」

　部室の床を箒(ほうき)で掃くのは、直だ。

「そうだな。机も拭けたし、こんなもんだろ。そっちはどうだ」

　僕がそう言うと、ちょうどユキも窓拭きを終えて振り返った。

「棚の整理もできたし、ＯＫよ」

　答えたのはエリカだ。

　明日から夏休みに入るので、僕たちは部室の掃除に集まっているのだ。

「こんなものかねえ」

　言って、直が額の汗を拭って部室内を見回す。

「そうね。じゃあ帰りましょうか」

エリカがそう言って、掃除道具を片付け始めた。

「明日から夏休みねえ。合宿よ、合宿。どこに行く？」

エリカが勢い込んで言う。余程、行きたいらしい。

行ってもいいが、その間兄の方はどうしよう。まあ、行って来いと言われそうだし、ほんの三日くらい自分でできるのはわかっているが、ううん。

「怜君、寂しいんでしょ」

「そ、んな事は、ないぞ」

「動揺が出てるよお、怜」

「ああ、相思相愛のブラコンだもんねえ。直君に聞いた時は冗談かと思ったけど」

「僕はブラコンじゃないぞ。凄く感謝してて、兄弟だから大事なだけだ。普通だ」

なぜ誰も理解してくれないのだろう。兄なんだから大事だろう。面倒くさい事が嫌でも兄の為ならいいとか。

釈然（しゃくぜん）としない思いで考えていると、エリカがユキに訊いた。

「ユキはどこがいい？」

「ええっと……どこでもいいです。行くだけで楽しそうですので」

と、ニッコリした。

「そういうエリカはどこに行きたいの」

「恐山とか」

「却下」

こいつもいつも通りだな。

おやつを食べた後、揃って学校を出た僕らは、ブラブラと坂道を下っていた。アスファルトからゆらゆらと陽炎(かげろう)が立ち上っている。

学校のあるのはこの低い山の上で、学校へ続く道は坂道しかない。その途中に小学校や住宅もあり、静かな環境にある。

「夏休みはいいけど、宿題がねえ。休みなんだから、宿題したら休みじゃなくなると思わない？」

エリカが小学生のような事を言い出した。

因みに僕はもう終わっている。毎年、素早く終わらせて後はのんびりするのが、僕のスタイルだ。小学生の時の日記以外は。

「小学生は元気ですね」

「それなりに暑かったけど、今よりは平気だったよねえ」

前を歩く小学生女児グループを何となく眺めながら歩く。ランドセルを背負い、肩から斜めに絵の具セットをかけ、筆洗いバケツと書道セット、丸めた画用紙、工作で作ったと思しきよくわからない作品を両手に、賑(にぎ)やかに喋りながら歩いている。夏休みに対するワクワク感が、どことなく感じられた。

と、馴染みとなった感覚がした。霊だ。ただ姿はない。どこだろうかと見ていると、女児の一人が突然、フラフラと崖の方へ寄っていく。

「亜里沙ちゃん？」

「危ない！」

崖の上から足を踏み外す寸前で、どうにか僕らが追い付いて、肩を掴んで止める。それと同時に、亜里沙の影がゆらりと揺れ、霊は消えた。

「亜里沙ちゃん」

他の女児達が集まって来る。

「ダメだよ、急に目をつぶって歩き出したら。危ないよ」

それに亜里沙は、青い顔でブルブル震えて泣き出した。

「違うもん。目が、急に開けられなく、なって、ヒクッ」

「ああ、大丈夫、大丈夫。怖かったねえ」

直があやしながら、目で訊いてくる。「あれか」と。

僕は小さく嘆息して、答えに代えた。


素麺のトッピングは、青じそ、干し桜エビ、錦糸卵、おろししょうが、天かす。それと、手羽に下味をつけて魚焼きグリルでパリッと焼いた手羽焼き。もやしとほうれん草のお浸し。豆腐、あげ、ネギの味噌汁。

兄がテーブルに着くタイミングピッタリに、配膳を完了させる。

「いただきます。ほお。これはまた、美味そうな」

兄が手羽焼きを食べ、満足そうにノンアルコールビールを飲んだ。良し。

「今日終業式で通知表もらったから、後で見て、判子押しといてね」

「ん。どうだった、一学期は」

「色々あったなあ、と」

「ああ、あったなあ」

春以来を思い出して、遠い目になりかける。

「いやいや。で、クラブの合宿はどうなったんだ？」

「それが、エリカは恐山に行きたいとか言って。却下したけど」

あったことを順に話し、小学生の一件まで話す。

「それはやっぱり、霊なのか」

「霊なんだけど、何か、こう、生っぽいというか……」

「生っぽい……？」

感覚的なものは、説明が難しい。

「あ、生き霊かもしれない。同じ小学生とかかなあ。小学生の女児相手って、どうもやり難いよなあ。直は流石だったけど」

「人間だったら年代も性別も関係なしか」

「何か、まだ続きそうな気がするよ、兄ちゃん。ああ、面倒くさいなあ」

僕ははああっと溜め息をついた。

干したばかりのシーツが風をはらみ、蛸足の物干しがクルクル回る。靴下やハンカチ等を干したピンチハンガーも、目測で水平になっている。

良し、とベランダからリビングに入ると、カーテンを閉めて、均等に広げた。天気がいいので、良く乾くことだろう。

ついで、掃除機をかけ、拭き掃除をし、風呂掃除をしたところで、直が来た。

「あれ。カーテンどうしたのかねえ」

「洗ったから、干してるんだ。カーテンレールに干すのが、一番いいからな」

「へえ」

冷たい麦茶をコップふたつに注いで、ひとつを直に渡す。

「昨日の件だけどねえ」

直が口を開いたところで、ドアチャイムが鳴った。出てみると、エリカとユキだった。

「昨日の件がちょっと気になって」

「はああ。まあ上がれよ」

上がって来たら、直が二人を見てにこやかに笑った。

「なるほど。そういうことだねえ」

「はい。霊みたいで、気になりまして」

「知らないところで解決されたらつまらないもの」

　エリカが頬を膨らませた。

「それより、どうしたの、これ」

「カーテンを洗濯したから干してるところだ。カーテンはここに干したら、邪魔にもならないし日も当たる」

「へええ」

　本日二度目の解説である。

　麦茶をもうふたつ出して、リビングに座った。

「昨日のあれは幽霊の仕業なんでしょ」

　エリカが目をキラキラさせて言う。

「ユキは……」

「はい。見えませんでした。でも、そうだと感じました。そうですよね」

「ああっと……怖くないのか」

「……一人じゃないので、たぶん」

　直は、にこにことして説明を待っている。

「京香さんにも相談してみたけど、あれは生き霊だろうと思う。影の中から現れて、影の中から消えて行った。また出るだろうな」

　ああ、麦茶が冷たくて美味しい。

「出るだろうなって、何とかしないと」

「何とかっていうけど、生き霊の本体を特定して、場合によっては自覚させて、それでやめさせないといけないらしいけど、無意識でやってる場合も少なくないそうだ。たぶんあの子と同年代、理論的に話のできないであろう小学生相手に、それを、だぞ」

想像するだに大変そうだ。でも、

「でも、放ってはおけないでしょ、怜」

やっぱりな。

「かわいそうだわ」

「ええ」

お前ら揃ってそんな目で見て、僕がかわいそうだろ。

「見てしまったものを見ないふりなんて、できないよねえ、怜。ボクらも手伝うから」

ああ、なんでそんな、期待に満ちた目を……。

僕はガックリと肩を落とした。

「はあ。面倒くさい」

「言うと思ったよお」

「ふふふっ」

仕方ない。換気扇の掃除はまた今度だな。

取り敢えず昨日の亜里沙に話でも聞くかと、家を出る。

小学生でも人脈に組み込むか、直。

「ああ、いたいた」

図書館の中に併設された多目的室は開放されていて、数人ずつ固まって、宿題をしたりゲームをしたりただお喋りをしたりと、色々だ。その中に、昨日の女児グループがいた。

「やあ、おはよう」

N●Kの子供番組の体操のお兄さんみたいな愛想の良さで、直が声をかけて近付いていく。

「あ、昨日のお兄さんとお姉さん」

アルバイトかボランティアかの大学生が、不審者ではないと判断したのか、警戒を解いた。

「あれからどう。変な事はなかったかねえ？」

「うん、大丈夫。ありがとう」

亜里沙が言った。

「昨日は名前言ってなかったねえ。ボクは町田　直。直でいいよお。こっちが怜で、そっちがユキとエリカ」

「田川亜里沙です」

「小東美羽です」

「下田夢愛です」

名前の入ったペンケースをチラッと見たが、これでユアか。最近の子の名前は難しい。

そう思ったが、怜も、レンと読まれるよりはレイと読まれる方が多い。似たようなものか。

そんな事を考えているうちに、宿題をしていた彼女たちの傍にしゃがみ込んで、直は話を始める。

「夏休みの宿題かあ。たくさん出たのかねえ」

「そう、いっぱい。国語ドリルと計算ドリルと工作と自由研究と読書感想文」

「嫌になるよねえ」

高校に入ってから宿題は減って、流石高校、自分の自主性で勉強しろという厳しさだなと思ったが、小中学校の時はもっとたくさんあった。今聞いたものより多かったな。

ああ、今はあれか。家庭のランクとかが比較されてしまうから日記は無し、宿題するよりは色んな経験を積んだり家族で触れ合えとかいう。

隣のテーブルの男子達は、専らゲーム機で主人公に経験を積ませているようだが。

「へえ、大変だねえ。それでこうやって、友達と一緒に宿題やってるんだ。仲良し三人組なんだねえ」

柔和な笑みを崩さずに会話を続ける。

「そうよ。ずっと一緒。お揃いのカバンとか浴衣も買ってもらったの。ほら」

三人が揃って見せてくれたカバンは、四人の女の子がアイドルユニットを組んでいる人気アニメで、ピンク、緑、水色、オレンジというパーソナルカラーに因んで、筆記用具、靴、食器、服類、とにかくなんでも、四色の色違いのグッズを販売していた。各々が好きなキャラクターの色で固めるというわけだ。亜里沙がピンク、美羽がオレンジ、夢愛が水色だった。

「あら。もう一人いたら四人揃うところだったのね」

エリカが「なんなら私が」と言い出しかねない雰囲気で言うと、美羽が笑った。

「前はもう一人いたの。でもね――」

「美羽ちゃん！」

「あ――！」

亜里沙の制止で、ピタリと口を閉じる。

どうも、隠された一人がいるらしい。

「私、トイレ」

美羽が席を立って出て行った。

「ボクも小学生の頃は、同じような事したねえ。戦隊ヒーローのやつで」

「思い出したぞ。レインボー戦隊」

「そう。好きな色がかぶっちゃって、ケンカになりかけたりね」

それで亜里沙達も元の雰囲気を取り戻した。

「お兄さんは何色だったの」

「緑だよう。怜は何色だったと思う」

「ええ、何だろう。赤じゃないよね」

赤は大体暑苦しい熱血漢と相場が決まっている。そしてレインボー戦隊では、紫、黄、藍が女子で、緑が優しい感じ、青がクール、橙が明るいキャラクターになっていて、番組に興味がなく——ヒーローといえば兄だったからな、昔から——心からどうでも良かった僕にとって、色を割り振るという大論争は迷惑この上なかったのだ。

「何だろう。橙でもないわよね。はじけ感がないもの」

「青は確か、単にクールではなくて、キザな人だったと思いますよ。これも違いますよね」

エリカとユキも、小学生と一緒に考えている。

「いや、そんな真剣に……」

「まだ言わないでよ、当てるんだから」

何しに来たかわかってるんだろうな、と言いたいのをグッと堪えていると、部屋の外で例の気配がし、

「キャアアーッ！」

と悲鳴が上がった。

急いで多目的室を飛び出す。

廊下端のトイレの前に階段があり、そこに階下を見て立ち尽くす美羽がいた。

「違う、違うの」

傍に行くと、青い顔でそう繰り返している。

「あんたが押したじゃない！　見てたんだから！」

「謝りなさいよ！」

階下には座り込んで足首を押さえる女児と、いきり立った女児二人の三人がいた。

「どうした、美羽ちゃん」

「押そうとしてないのに、勝手に、押しちゃったの」

そう言って、美羽はわんわん泣き出した。

「怜、どう」

「アレだ」

「どういう事？　狙いはあの子ってわけじゃないのかな」

階下にいた女児たちは医務室へ、美羽は事務所へ連れて行かれるのを見送って、元の部屋へ戻った。

「祟りだよ」

突然、夢愛が言い出した。

「夢愛ちゃん！」

「絶対、さっちゃんだよ！」

夢愛も引かない。

「そのさっちゃんって、誰かねえ」

直が上手く入って行く。

「島野幸子（しまのさちこ）。前は仲が良くて、四人で遊んでたの。でも、さっちゃんだけ、カバンも浴衣もペンもお揃いにしなくて、何か一人だけ違うよねって言いだして……」

「いじめたのか」

ビクッとする亜里沙と夢愛に、

「仲たがいしちゃったんだねえ」

とソフトに言い直し、直は僕に目で合図してきた。口を割らせるまで黙ってろ、だな。

わかった。

「やめとこうって言ったのに、目を瞑ったまま家まで帰らないと掃除当番代わってもらうとか、嫌いな先生を階段でちょっと押せとか」

ソフトに言ってもいじめだな。

「夢愛ちゃんだって、面白がったじゃない。壁に頭ぶつけて壁ゴンとか」

暴露合戦を始めた。

「で、そのさっちゃんはどうしたのかねえ」

「一学期の終わりにケガして休んでる。トラックの下に入って、足の骨が折れたの」

「違うよ、死んだんだよ。お化けになったんだよ」

夢愛は叫ぶようにヒステリックに言って、亜里沙と二人、わんわん泣き出した。

古い小さなマンションの前で立ち止まる。

「ここね」

さっちゃんは死んでおらず、骨折した後終業式まで日もなかったので、そのまま休んでいたようだ。

「父親は三年前に借金と女をつくって蒸発、母親と二人暮らし。母親はパートでさっちゃんを育てていて、生活はかなり厳しいようだねえ」

「直、お前の情報網はどうなってるんだ」

「企業秘密ってことで。さ、行こうかねえ」

三階の奥の部屋だ。エレベーターはない。

ドアにはネームプレートがかかっていて、島野とだけ書かれていた。

代表して、部長であるエリカがチャイムを押す。しばらくして、

「はい」

と子供の声で答えがあった。

「あの、紫明園学院高等部のものです。幸子さんはいらっしゃいますか」

すると、すぐにドアが開いて、小学生が顔を覗かせた。

「幸子さんだね。初めまして。学校の友達の事で聴かせてもらえるかな」

幸子は僕らを順に見て、ドアを開け放った。一応、不審者ではないと認めてもらえたようだ。

「田川亜里沙さん、小東美羽さん、下田夢愛さん。それから幸子さんの四人は、友達グループだったのよね」

「友達、ね……」

エリカの確認に、幸子は小学生とは思えないような皮肉な笑みを浮かべる。

エリカは戸惑ったように口ごもった。直が、スッと交代する。

「まず、歩きにくいだろうに、わざわざごめんねえ、玄関まで。実は、田川さん達と知り合ってねえ。それで、幸子さんが骨折して学校も休んだままって聞いたんだよねえ」

幸子はフンと笑い、僕らを敵であるかのように見回した。

「いじめたなんて、言ったの。言ってないでしょ。いじめはなかったって、私に言わせたいんでしょ」

「そうじゃないんだよう、幸子さん」

「帰ってください」

直でもだめか、切り札なのに。

「聞いてくれませんか、お願いします」

「私たちは味方よ」

「味方のフリするやつは信じない、帰って」

エリカとユキがグイグイ押されて、廊下に下がってくる。直もドンと突かれて出て来た。

子供は苦手なんだが、これはある種、子供っぽくない。

「前置きなしで単刀直入に言おう。昨日、田川亜里沙が目を瞑ったまま歩いて崖から落ちかけた。さっきは小東美羽が別の子供を階段から突き落とした。どちらも、自分の意思でやったのではない、操られたようだと言う。お前がやったのか」

　ギョッとしたようにエリカとユキが振り返り、直は片手で顔を覆って下を向いた。

　そして幸子は、挑むように嗤った。

「いい気味。自業自得よ。私はずっとここにいたけど？　催眠術とか知らないし？　それだけなら、帰って」

　勝ち誇ったように言って、ドアに手をかける。

「あんまり抜け出してると、体に戻れなくなるぞ」

　そう言ったら、幸子はギョッとしたような目を向け、もう一度睨みつけてから、

「それでも本望よ！」

　と、力一杯ドアを閉めた。

＊＊＊

　あそぼ、あそぼ。今日は何して遊ぼうか。

　だるまさんがころんだ。

　靴隠し。

　かげふみ。

　鬼ごっこ。そうだ、かげふみ鬼。

鬼は影の中しか行けなくて、タッチしたら鬼が交代。

やろう、やろう。じゃあ鬼はまずさっちゃんからね。用意、どん。

さっちゃん、影しか踏んじゃだめだからね。鬼は影の中だからね。

真昼のグラウンドの真ん中には、どこにも影なんてない。亜里沙ちゃんたちは離れていて、届かない。

ねえ、ジュース飲もう。あ、さっちゃんは動けないよ、影しか。

鬼は影の中だもんねえ。

＊＊＊

ティーカップはマ●セン磁器で、お茶菓子のミルフィーユは、雑誌やテレビで特集が組まれるような高級な店のものだ。そうなると、ティーカップの中の紅茶も、きっと高いものに違いない。

飲んでみたが、よくわからないな。うちはコーヒー派だからな。

さりげなく見た部屋の内装も、テーブルセット、飾り棚やそこに飾られた時計、置物、幸せそうな家族写真を収めた写真立て、壁に掛けられたリトグラフ。どれも、高価そうだ。

ここは、応接間というより自慢間だな。

小東美羽の自宅に、亜里沙母子、夢愛母子、僕、直、エリカ、ユキが呼ばれ、集まっていた。

母親たちは一様に不機嫌で、子供達は不安そうにそんな母親の顔色を窺い、それでも、ケーキを食べる時だけは頬をゆるめていた。

崩れて食べ難いミルフィーユは、一層ずつ剥がして食べると食べやすいぞ、エリカよ。

「その島野さんが、うちの亜里沙や美羽ちゃんに、そんな酷い事をしたと言うのね」

「あまりにも信じがたい話だけれど、信じるほかはなさそうですわ、田川さん」

「そうですわね。訴えられるのかしら、その島野さんを」

僕らが呼ばれたのは、二つの出来事にほぼ居合わせた大きい人、という事で、子供達が呼ぶようにと頼んだらしい。そこで、間違いなく意思に反して、目を瞑ったまま歩いたり人を突き落としたりしたようだと、証言を求められたのだ。

確かに、本人たちもそう言っていたし、嘘をついているようにも見えなかったと言えば、今度は、なぜ、となる。

そこで迷いはしたが、いじめにあっていた幸子が、と話したのである。

「その酷い事ってのは、もともと彼女達がした事ですよ」

イラッとしたのでそう言ったら、母親達は眦（まなじり）をキッと吊り上げた。

「何ですって」

「目を瞑ったまま家まで帰らないと、掃除当番を代わってもらう。これは亜里沙ちゃんがさっちゃんに言った事だよねえ。嫌いな先生を階段で押せ。これは美羽ちゃんがやらせたんだよねえ」

　二人は俯いて、チラッと母親の顔色を窺う。

「同じことを、返しているんですよ。これが酷いというなら、島野さんにしたのも、酷いという事ですね」

　二人の母親は黙り、次いで、オホホと笑う。

「うちの子がそんな事をするわけないわ。そうよね、亜里沙ちゃん」

「美羽だってそうよね。優しいいい子だものね」

　子供達は黙り込んで、目を合わさないようにしていた。

「だったら心配ないですかね。ほかには、反省と称して壁に頭をぶつけさせたり、トラックの下に入らせて足を骨折したりしたようですけど」

　すましてそう言い、ティーカップを手に取る。直はぱくぱくとケーキを食べていた。

　母親達は慌てふためいて、

「どうすればいいの。警察？」

「だめよ、そんな事をすれば」

「あ、この子達のしたことも――」

　と騒ぎ立て、子供達はとうとう泣き出した。

「やったの、全部亜里沙たちでやったの！」

「お揃いの浴衣とか買わなくてノリが悪いから」

「グラウンドに暑い中立たせて動くの禁止って言ったり。鬼だから影しか踏んだらだめって意地悪したの」

「どうしよう、ママ」

「こんなになるなんて思わなかったの」

「助けてママ、助けてさっちゃん！」

その時、夢愛の影がぼこりと波打ち、夢愛は横っ跳びで壁際に飛びつくと、頭を壁にゴンゴンと打ち付けはじめた。

「キャアアア、夢愛ちゃん！」

「ごめんなさい、ごめんなさい、ごめんなさい！」

泣きながら壁に頭突きする夢愛に、室内はもうパニックである。

影に向かって浄化の力を放つと、すぐに気配は消え失せた。

「怜、さっちゃんだよねえ。大丈夫なのかねえ」

「軽く追い払う程度にしたから大丈夫だ」

親子共々、泣いたり腰を抜かしたりしているが、いじめの事実は、親も認識したらしい。

「やっぱり説得しないとだめよね。何度もやってるとまずいんでしょ」

エリカが言う。

やれやれ。

「おい、お前ら。反省してるか」

美羽、亜里沙、夢愛はコクコクと頷く。

「謝って仲直りしたいか」

「したい」

「私も」

「する」

「こんな事されたんだぞ。怖くないのか」

「おんなじだもん」

「因果応報って言うのよね」

「平気」

「わかった。おい、ユキ。頼みがある」

僕はある事を頼んで、幸子のマンションに向かった。

＊＊＊

壁に向かって座っていた。フワフワとした変な感じで、力が入らない。カゲフミオニをした後はいつもこんな感じだけど、どんどんひどく、元に戻るまでの時間が長くなっている気がする。

何か呼ばれてるかなあと思ったら、ドアの向こうから、いつかの高校生のお兄さんの声がしてた。

＊＊＊

直は上手く幸子の母親に言って部屋に入り込む許可を取り付け、管理人に電話をかけさせた。それで管理人が玄関の鍵を開けたので、僕は、ドアの閉まった幸子の部屋の前にいる。

　無事に幽体は戻ったらしい。

「なあ。もうやめないか」

「……」

「あいつらも反省してるし、許してやれよ」

「……」

「お前もやったんだから、おあいこだしな」

　ドアに何かを投げつけたらしく、ドンと音がした。元気で結構。

「仲直りしろよ」

「い・や」

「仲直りパーティーしてやるから」

「そんなの、いらないもん！」

「ふうん。上手くできたのになあ。焼き色といい、しっとりふわふわなパンケーキといい。

たまらん」

「……え？」

直が持ってきた皿を、二人がかりで扇ぐ。ドアの隙間から、いい匂いがいってるはずだ。

「蜜はタップリだねえ」

「おう。生クリームも多めでな」

「うわあ、完成だあ」

「美味しそうだな。よし、では、いただきます」

「食べちゃダメー!!」

ドアに体当たりする勢いで転がり出て来た幸子の目は、パンケーキの皿に釘付けだ。

遅れて、僕と直に気付く。

「何で食べてるの!?」

泣くなよ、こんなもんで。

「自分達で焼いたら、もっとおいしいよう」

リビングでは、ホットプレートを前にしてユキがパンケーキを焼き、エリカがジュースをコップに注ぎ分けていた。そして、心配そうな、泣きそうな顔の亜里沙、美羽、夢愛が、幸子を待っていた。

「さっちゃん、ごめんなさい」

「酷い事してごめんなさい」

「仲直りしてほしいの」

幸子は視線を彷徨わせ、助けを求めるように僕を見上げた。

「どうしたい。自分で決めろ」

「う、私も、ごめんなさい。されて嫌な事はしちゃいけないんだよね。ごめんなさい」

四人はしばらく泣いて謝り合っていたが、誰かのお腹がグゥと鳴って、弾けるように笑い出した。小学生の子供らしい、影のない笑顔だ。

「さあ、焼きますよ。いいですか」

ニコニコとしながら、ユキがおたまで生地をすくう。

「丁度良かったな。夏休みの自由研究は、美味しいパンケーキの作り方だ」

「それいい」

「やろうやろう」

仲直りは済んだらしい。幽体離脱も、こうして安定していれば、起きなくなるって京香さんも言ってたし。

「はあ。なかなか面倒くさいケンカだったたな」

「でも、良かったよ、仲直りできて。図書館の子の方も、たまたまぶつかっただけだろうって、大事にする気がないらしいし」

「でも、自分のしでかした事は、いずれはじっくりと考える必要があるけどな」

僕と直は小声で話しながら、マンションの玄関で待つ保護者四人に報告する為、部屋を出た。

「というわけで、食べたくなっちゃってね」

兄の休日となったこの日の昼はパンケーキだ。甘味をなくして薄く焼いたパンケーキに、レタス、パプリカ、スライス玉ねぎ、ハム、プルコギ風の味を付けた牛肉などを好きに巻く。

「パンケーキもこういう食べ方をすれば、おやつじゃないな」

兄はへえと言うふうに笑って、チーズと野菜とハムを巻く。

「いじめが解決できたのは何よりだったな」

「うん。かなりパンケーキにはまったらしいから、あの四人がこの後太ってもそこまでは責任持てないけどね」

それに、たまたま幸子の母親は納得して管理人に電話してくれたからスムーズに進めただけだ。亜里沙達の母親が納得しなければこじれていただろうし、図書館の子の親が事故と認識してくれずに警察沙汰にしていたら、幸子がパンケーキの匂いに釣られなかったら。綱渡りのようなものだったと言わざるを得ない。

「ああ、面倒くさい。もうあんな案件はこりごりだよ」

夏の日差しに、洗いたてのカーテンが眩しかった。

第六話　夏合宿にはキャンプカレー　～捨てられた竜宮城～

　この広い世界には、まだ解明されていない謎や生物が満ち溢れている。T県にある竜宮伝説の残るその島にも、今、光が当てられようとしていた。果たして、謎は解明されるのであろうか。


　小さな船の上で、エリカが真面目な顔でレコーダーに向けて喋っていた。

「バラエティー番組みたいだな」

「懐かしのテレビでやってたなあ。川●浩探検隊」

「八十年代の人気バラエティー番組の人気コーナーですね」

　そのころ流行っていたバラエティー番組のコーナーのひとつで、川●浩率いる探検隊が、世界を股にかけて秘境を廻るというものだ。嘉●達夫も歌を作っている。

　テレビで再放送していたのを面白がったクラスメイトのひとりが家にビデオがあったと言って持ってきて、それをクラスの皆で見たらクラスで流行し、あっという間に学年中に広まったのだ。

「折角の合宿だもん。記録を取って、上手く文化祭の出し物に使うのよ」

「ああ、そういう面倒くさい行事もあったな」

僕はそれを思い出して軽く嘆息した。

「文化祭かあ。何かしないといけないからねえ」

そう言うのは、直だ。

「ビデオ上映ですか」

ユキはそう言って、少し考えるように小首を傾げた。

この四人が、心霊研究部の全メンバーである。

今向かっているのは日本海に浮かぶ無人島で、申し込みをして抽選で当たれば、貸し切りで使用することができるのだ。費用も安い。

エリカが何の気なしに申し込んでいたら当たったので、ここで合宿をする事になったのである。

港から島までの送り迎えは県の舟がしてくれ、ロッジ、飲み水、トイレもある。

こっちは何も心配なさそうだが、心配しているのは兄だ。今日の夜は同僚と飲みに行こうかなどと言っていたから食事の心配はないとしても、だ。洗濯も、仕事が終わってからだと大変じゃないかな。それにもし事件が起こって帳場が立ったら、着替えとかいるのにな。

そりゃあ兄のことだ。誰よりもしっかりしてるし、大丈夫に決まってはいる。靴下の置き場所がわからないとか、ワイシャツのアイロンがけができないなどということはない。

でも、心配だ。ひたすら僕がただ心配しているだけだ。

そんなふうにひとりで悶々と考えている間にも、皆は話を進めていた。

「スライドに編集した録音テープを流すか、普通に展示か、本にするか。どれがいいと思う？」

「まあ、終わってからでいいんじゃないですか。どんな内容になるか、わからないんだし」

「それもそうね。でも、いい。キャンプして終わりじゃないのよ。結果を残すのよ」

「面倒くさいなあ」

「だめ。活動結果を示さないと、部は解体よ。部室も無くなっちゃうのよ」

「あそこはなかなか居心地いいからねえ」

「仕方ないな」

「がんばりましょう」

「だから、今のうちに予習よ」

日本海に面するとある県の沖合に、県所有の無人島がある。島の大きさは琵琶(びわ)湖くらいで、中央に山がそびえている。周囲は砂浜になっているが、東から山頂に向かって切り込んだような谷になっており、そのちょうど沖には神を祀る岩が、谷の終点近くのほぼ山頂には祠(ほこら)がある。このふたつを合わせて、双子神社と呼ぶそうだ。ロッジと桟橋は島の南側に位置し、ここでは季節にもよるが、あじ、キス、カレイが釣れ、南西の岩場では、メバル、カサゴが釣れるらしい。
　人が住んでいたのは四十年ほど前までらしく、それまで、竜宮城を守る島として、少数の村民がひっそりと暮らす過疎の村だったようだ。

「竜宮城か。浦島伝説は各地にあるけど、ここのは初めて聞いたなあ」

「あまり、というか、全然知られてなかったの。県内でも、この無人島を貸すというサービスを始めようとして、何か貸し切りリゾートっていう以外に売りはないかって調べて、やっと、村出身者が口にしたくらいだって」

　エリカは簡素な島内地図を折りたたみながら答えた。

「どうしてもっと、宣伝しなかったんだろうねえ」

　直の疑問に、同感だ。もっと観光客も呼べただろうに。これではまるで、隠していたみたいじゃないか。

「エリカ、ちょっと気になったんですが、竜宮伝説、なんですよね」

　ユキが念を押す。

「そうよ」

「私たちは、心霊研究部です」

「……」

「活動報告と、認めてもらえるんでしょうか」

「………」

全員黙り込んで、そのショッキングな指摘に打ち震えた。

「いい事を思いついたぞ。祠近くで木々の写真を撮れ。シミュラクラ現象で、どれかは霊に見えるはずだ」

「えええ!?」

シミュラクラ現象とは、人間は三角形に並んだ三つの点を見たら人の顔に見えるという、脳の錯覚だ。メールの顔文字も、これを基にしている。

いいアイデアだと思ったのに、なぜだ。なぜ三人とも僕を非難するような目で見る？

「怜。面倒くさいのはよくわかるけど、それはあまりにも手抜きだよお」

「だめか……」

ガッカリだ。

「それは帰ってから考えるとして、まあ、幽霊がいる事と、竜宮城の財宝が見つかる事を祈りましょう」

「エリカ、財宝は鬼ヶ島で、竜宮城は玉手箱です」

そんな話をしているうちに、島が見え始め、グングン近付いて行く。小さな桟橋に船を着け、船長が、

「ようこそ。竜宮の島、すた島へ」

といって、ニカッと笑った。

ロッジは木造で、一階には広間と簡易トイレ、竈と調理器具と水のタンクがあるだけの調理場、床がタイルの部屋があった。砂まみれで帰って来た時、このタイルの部屋で砂を落とせるようにしてあるのだろう。そして壁際には、釣り竿や仕掛け類、バケツなどが置いてあった。

二階には二段ベッドが置かれた小部屋が六つ並んでおり、海側の部屋を二つ、男子部屋と女子部屋にする。

「いい眺めだなあ」

広い海と桟橋が見えた。ここから、神の岩は見えない。

神、か。

「今日はあの山を探検するんだったねえ」

「ああ。立花エリカ探検隊の歌でも歌うか」

僕と直は、ニヤリと笑いあった。

立花エリカが　洞窟に入る

カメラさんと照明さんの　後に入る

歌いながら部屋を出ると、エリカが目を丸くし、ユキがクスクスと笑っていた。

「何、その歌」

「川●浩探検隊の替え歌」

「文化祭の時、テーマ曲として流すか」

「もう……」

僕らは暑さを忘れた小学生みたいに、カメラをぶら下げ、レコーダーを持ち、山へ入ったのだった。

生い茂る木々が影を作り、山中は意外と涼しかった。山頂付近の祠へ向かう山道は、毎日登下校で坂道を上り下りしている僕たちにしてみれば別に大した事はなく、スタスタと上って行く。

山頂付近は岩肌が露出しており、そこに、腰の高さくらいで横幅は肩幅くらいの小さな古い祠がはめ込まれていた。何の飾りもないシンプルなもので、ろうそくもなく、お供え物もない。

「どう？」

訊いてくるエリカに、僕とユキは首を横に振った。

エリカは残念そうに肩を落としながらも、カメラのシャッターを切った。

その祠に向かうように谷が海から延び、向こうの方には海としめ縄の張られた岩が見える。下を覗くと海水が川のように流れ込んでいて、波が打ち付けられていた。ちょっとした撮影スポットである。

道をそのまま進むと北側の砂浜に出、砂浜伝いに西側から回ってロッジに戻ると、そろそろ夕方だ。

「幽霊はいなくても、雰囲気はあったわねえ。これならシミュラクラも……冗談よ」

冗談とは思えない残念そうな顔でエリカが言って、夕食の支度に取り掛かる。

竈の横には薪と炭が用意してある。

「どっちを入れるんだ？」

「両方入れろって意味じゃないの？」

現代っ子に、説明なしにこれだけ渡されても難しい。だが、うろ覚えのキャンプの記憶を総動員して、どうにかこうにか火をおこすことに成功する。物凄い達成感だ。

その間に、エリカとユキが取り掛かっていたジャガイモ、玉ねぎ、人参が切れ、油を入れた鍋で炒め始める。そう、カレーだ。キャンプといえば、カレー。全員の意見が一致して、とにかく最初の夕食はカレーしかないということになったのである。

「ごはんの水加減がわかりません」

「何か指入れて関節のところまでって……底まで差すんだっけ？　どの関節？」

「……怜君」

「土鍋で炊くときは米一合に対して水一カップ。でもカレーだから一割控えて」

訊いてくれて良かったと、僕と直は胸を撫で下ろした。任せた以上口を挟むのもどうかと思っていたのだが、やはり、おかゆカレーとか、硬いご飯とかは避けたい。どうやってさりげなく水加減を伝えたものかと思案していたのである。

竈が二つだとわかっていたので、他には加熱するものがないように、パプリカにクリームチーズを詰めたものとちぎったレタスにプチトマトのサラダだ。

三十分お米に吸水させている間に湯を沸かし、空の保温ポットに移しておく。

「たまにはこういう不便さもいいねえ」

「そうだな。真夏に冷蔵庫がないのも、メニュー次第では何とかなるし、いざとなればレトルト食品を用意すればいいしな。まあ、冷たいものは最初しか飲めないけどな」

「ああ、それだけがねえ」

僕と直は、揃って小さく嘆息した。

やがてご飯も炊け、カレーもできて、広間に座り込んで食事にする。

「ん、美味しい」

「キャンプに来た！　って感じだなあ」

この手作り感と一体感が、キャンプカレーのスパイスだ。

「それはそうと、浦島太郎ってどう思うかねえ」

直がふと訊く。

「ああ。戻ってみたら何百年だったっけ、経ってたんでしょ。気の毒にね。玉手箱も、お土産だもん。開けるわよ」

「私もきっと開けると思います。心細いでしょうね」

エリカとユキは答えた。

「そうかなあ。ボクは初めてこの話を聞いて、竜宮城って怖い所だと思ったよお。怜も行きたくない派だったよねえ」

「ああ。まあ何日もどんちゃん騒ぎする浦島太郎も大概だと思ったけど、その飲み代がこの年月だろ。竜宮城って酷いぼったくりバーだと思ったな」

「……ぼったくりバー……」

「大体、弱いものいじめを見かけてお金で解決しようとするんだぞ、浦島太郎は。それ、人としてどうなんだ」

「……お金で解決……」

「なるほど、言われてみればそうだねえ」

「だろ。まあ、叱るっていうパターンもあるらしいけどな。でもどっちにせよ、その後仕事を放り出して竜宮城に行くんだぞ。社会人としての自覚がないと言われても仕方がないだろう、浦島太郎は」

「確かにそうだよねえ」

「いや、そういう話？」

ワイワイと楽しく食事を済ませ、エリカが怪談オールナイトを提案したのはユキが半泣きで嫌がり、一日目の夜は過ぎていったのだった。

奇しくも直の抱いていた「竜宮城は怖い所」というのに各々同意する出来事は、まだ起きてはいなかった。

週に三時間も寝れば済む自分の体質に、僕は感謝していた。周りに明かりがないので星空が本当に綺麗に見えるし、ビルがないので、満天の星空というものがこういうものだというのが良くわかった。

そして明け方にブラブラと岩場まで散歩してみると、蛸がいた。早速捕って、朝食に使おう。

そう思ってウキウキとロッジに戻って来ると、タイルの上に泥まみれの足跡が残っていた。誰か起きたのかと外に出て周りを見てみると、誰もおらず、わかめが落ちている。拾って、味噌汁にしようと考え、味噌がない事に気付いた。折角誰かが拾って来てくれたのに、何かには使わなければ。

まあ、取り敢えずは朝食だ。蛸からだな。

まず、頭をひっくり返して内臓と墨袋、そしてクチバシをとり、塩をまぶしてぬめりを取るようもみ洗いをする。吸盤の中までしっかり洗わないといけない。その後、湯で赤く、足が丸まるまでゆで、ざるに上げる。それを切って、研いだ米と水、出汁昆布と一緒に土鍋に入れておく。さけ、しょうゆ、みりんなどの調味料は、吸水させてからだ。そうして土鍋を良く火に当たるところにおいて、沸騰したら遠火にして十四分。サッと強火に当ててから土鍋を下ろし、ごはんを混ぜて、蒸らす。これを後で、おむすびにするつもりだ。

家で作ってきた茹で卵は、塩ベースのだしつゆにつけるように密閉袋に入れてきたので、味付き卵になっているはず。それと、焼いたベーコンと剥いたオレンジを盛り付ける。

そうしていると三人が起きて来たので、おむすびを作る。

「全部させて悪いわね」

「どうせ一晩中起きてて暇だし、料理は好きだし、気にするな」

「そうね。どうせなら私だってご飯は美味しい方がいいもの。いつも怜君のお弁当、交換したかったの」

「え、してるじゃないですか、エリカ」

「一品じゃなくて全部って意味よ」

「では早速、いただきまあす！」

パクパクと食べながら、星が綺麗だったとか、波の音が意外と大きく感じられてなかなか寝付けなかったとか、今日はまず釣りをしようとか言っているうちに、思い出した。

「そうだ。明け方誰か散歩したか。東の、谷のある方へ」

三人はキョトンとして、各々否定した。

「どうかしたのかねえ？」

「あっちに往復する足跡が残っててな。昨日はなかったから」

「足跡って」

「タイルの上に泥まみれの足跡があってな。砂浜には所々に海藻があったんで、誰かわかめでも拾いに行ったのかと」

「何、それ。怪談？」

「え、朝ご飯用にわかめを届けてくれる幽霊？　いい幽霊だねえ、そいつ」

「気が利きますね」

「いや、怪談じゃなくって、本当に」

沈黙が降りた。

「そのわかめはどうしたかねえ、怜」

「味噌があれば味噌汁にしたんだが、うっかりしたな。味噌を持って来なかった」

直、エリカ、ユキは、味噌がなくて安堵したと、後で聞いた。

「だから昼か晩に、わかめサラダにしようと思う」

「思わないで!!」

「それ、食べない方がいいヤツの予感がするねえ！」

「そうです、やめましょう、食べるのは！」

今度はこちらがキョトンとする番だ。

「え、本当に誰も行ってないのか？」

三人共、首をぶんぶんと横に振る。

じゃあ、あれは何だろう。あのわかめはどうしよう。

「気のせいだよお。でもわかめは、やめよう。拾い食いは良くないねえ」

三人から真顔で止められた。まあ、そう言うならやめとこうかな。

「よし、釣りだ！　釣りに行こう！」

「お昼がかかってるから、真剣にね！」

そして四人で手早く後片付けを済ませ、釣りセットを持って岩場へ出かける。栈橋の所は本当に小さい小魚しかいなかったのだ。

ルアーを付けて、早速投げ入れる。軽く誘ってリールを引いて来ると、ククッと竿に手ごたえが伝わり、竿先が沈む。そのまま引いて取り込んだ。

「メバルだ。煮付けにしたら美味しい」

「ボクも来たぞ。これは……メバルだねえ！　やった！」

「あ、これ、カサゴだわ」

「煮付けても揚げても美味しいぞ」

「これは何ですか」

「手長エビ！」

釣りをしているうちにわかめの件はほとんど忘れ、昼前にロッジに戻る頃にはすっかり忘れていた。

「昼は何食べさせてくれるの、怜」

「釣った魚とエビ、パプリカと玉ねぎとでアクアパッツァができるな。あとは、ちょっと残ったカレーとご飯でカレーリゾットとか。魚とエビ、わさびがないけど刺身もできるし、フライとか、ムニエルもできるけど」

「ボク、アクアパッツァとリゾットがいいねえ！」

「賛成！」

「私もです！」

即決まり、調理し、食べた。

そうして食後、片付けをすませ、

「今度は泳ぐぞ！」

と、水着で東の砂浜を目指した。遠泳しよう。遠泳なら、あの岩が近くで見えるだろう、と。

しめ縄の張られた岩は、水面から高く突き出ているが、小さな祠をちょこんと乗せるだけの大きさしかない。人が岩に乗るのは禁止と書かれていたが、乗れるほどではない。

近付くにつれ、まずい、と思った。

「なあ、場所を替えよう」

水温が低くなっていく。

「え、何で――と、まさか」

顔色を変えるユキをよそに考える。

何だろうな、この臭いは。

「よし、帰ろう」

心なしか急いで、体育の授業でもあるまいに、真剣に浜へ泳ぎ戻る。いや、なぜか泳いでいるのに、砂浜に近づけない。

「おかしいよねえ!?」

「おかしいよ！　いいから泳げ！」

「もう、もう泳げませんん」

「ユキィィィ、死ぬ気で泳ぐの！」

ああ、あの気配が近付いて来る。あの岩に普段は隠れているようだ。

溺れかけるユキに後ろから近付き、顔を水面に出してやっていると、大きな気配が、僕たちをすっぽりと包んだのだった。

気が付けば浅瀬に座り込んでぼんやりとしていて、滴る水滴が肩に垂れて、ハッと我に返る。他の三人も同様で、落ち着かない思いで辺りを見回した。

「ここ、どこだ？」

「まさかあの世――」

「ヒイイ！」

「違うからねえ」

エリカのウッカリに怯えきるユキだが、どうにか、生きていると納得したようだ。

「もっと早く気付くべきだった。僕のミスだ、悪い」

「そんなわけないよお」

言いながら、取り敢えず浅瀬から岩の上に上がる。

そこは岩に掘られたトンネルのような所で、背後の僕たちの来た方は海水に浸かっており、行き止まり状態だ。前方のもう片方はどこに続いているのだろうか、薄暗くて先は見えない。

「進むか」

「こっちだよねえ」

目をこらしてみるも、先が全然見通せない。

「一体何がどうなったのかねえ？」

「最初は何の気配もなかったのに、いきなりあの岩から何か窺うような感じがしてきて、大きなものに呑み込まれたんだ。神気なんだけど、もう少し暗くて冷たくて、でも祟り神ってわけでもなくて……」

直はううんと考えて言う。

「あ、わかめだ。わかめの妖精なんじゃないかねえ？」

どんな妖精だろう。

「とにかく、行ってみるしかないでしょ」

洞窟を進み始める。

裸足と水着が頼りない。

「今からすればだが、この島に来てから、どうも感覚がおかしかったような気がするな」

言うと、各々、

「はい。どこか夢の中というか、何て言うんでしょうか」

「深く考えられなくなったとでも言うのかねえ」

「そうね。芝居を演じているみたいな……」

「証拠はあれだよねえ。上陸してから一度も、怜の面倒くさいが出てないよお」

「ああ！」

直が言うのにエリカとユキが納得し、僕は異を唱える。

「いや、それはひどくないか？　しかも、納得されても……はあ、もういいや。面倒くさい。あ」

「ね、そうだよねえ」

悔しいが、そんなに僕は面倒くさがっているだろうか…………いるな、やっぱり。

「まあ、あれだ。確かに、ここに来る途中は兄の事を考えていたのに、島に着いてからはなぜか気にならなかった。何らかの精神誘導みたいなものが働いていたのかもな。今後は気を引き締める」

歩いていると、明るい部屋に出た。

「まあ、いらっしゃい」

ここは集会所か何かだろうか。若い男女がたくさん、楽しそうに飲食して話していた。真ん中ではダンスを踊るペアも何組かいる。

まさかとは思うが、ここは竜宮城か？

「ここで何を……合コン？」

エリカが目をパチパチとさせる。

「そうよ。さあ、いらっしゃいな」

近くのテーブルを示され、見ると、唐揚げ、パスタ、握り寿司、サラダ等々、大皿料理がズラリと並んでいる。ビールやカクテルもあった。

「いえ、さっき食べたところですので」

エリカが食いつきそうになる前に、断る。

「じゃ、飲み物くらい大丈夫でしょう」

「未成年ですので」

「ジュースもあるわよ」

チッ。

「糖の取り過ぎに注意してますから。あ、カフェインもです」

先回りして断る。

「あら。何か羽織るものでも持って来ましょうか、お嬢さん」

もじもじするユキに、矛先を変えたようだ。

「いえ、結構です。お構いなく」

エリカとユキがポカンとして見てくる。察しろよ、面倒くさいやつらだな。直は、ああ、と小さく言った。

「寒くないよねえ、ユキもエリカも」

「そうじゃなくってね」

イラッと言うエリカに、小声で、

「バー乙姫」

と言った。

「はあ？　はっ！」

ユキもハッと気付いたらしい。

二人で慌てて、

「大丈夫です」

とわざとらしく笑っている。もう何を薦められても、貰う事はないだろう。プレゼントは、すなわち呪いだ。

さてと、出口はどこだろうか。

広間にある出入口は、先ほどの一ヶ所のみだ。では、来た道を戻って、水の中に潜ってみるのが正解か。

「あ、はい――」

「じゃ、どうも。お邪魔しました」

スタスタと通路へ戻るのに、慌てたように竜宮城の皆が追いすがって来る。

「ゆっくり休んでいけばいいよ、君たち」

「そうそう。ここはとても楽しいもの。ね」

「折角ですが」

部屋を出て、他に通路がないのを確認しながら戻る。

「そう言わないで。そう、進路とかの心配もいらないし、健康も心配いらないよ」

「ダイエットだって必要ないのよ」

「えっ!?」

「エリカ！」

振り返るエリカだったが、ユキが正気に戻す。

乙姫たちは必死の形相で足止めしようとしていた。

「僕達は、ここにいるわけにはいきません。あなた方とは、違うので」

しかし、とうとう先ほど目を覚ました浅瀬に着き、ザブザブと水に入って行くのを見て、こちらが本気と悟ったらしい。雰囲気がガラリと変わった。

「お前らも、捨てるのか」

気が、変わる。

「けえれると思ってるのか」

「すたられた島を、出られえと」

姿もCGのように変わっていった。一様にどんどん年をとっていき、今風の服が、昭和の初めやそれ以前、薄いつぎのあたった着物などになる。黒々としていた髪も、白くなり、抜け落ちていく。楽し気だった表情も、恨みと憎しみと悲しみと怒りの表情になった。

「すたた……捨てた、か。すた島は捨て島、姥捨てが行われていた島か」

ユキが彼らの変貌にガタガタ震える。

腰の高さまで水に浸かりながら、僕と直がユキとエリカの前に立ち、彼らと相対した。

「そうとも。ここらあ貧しい。動けんようなったあ、しかたなあ」

「それが子ぉの為、孫のため。ずっとそうしてきた」

「やのに島ごとすたるやと？　どんだきゃすたる」

「我慢してすたられたのに、またすたるんか」

貧しい地区での姥捨ては、他の土地でも、飢饉の時などに見られた風習だ。この島でもなされ、それを残る島民はおそらく「竜宮城へ行く」とでも言っていたのだろう。竜宮城で神として供養した。それが、あのしめ縄の張られた岩であり、後ろめたさから、竜宮伝説の島とはおおっぴらには言えなかったのだろう。

「気の毒だが、それは僕達にではなく子孫にでも言ってください。それに、こうして関係のない僕達を巻き込む時点で、あなた方は間違っています」

「おおおおーのーれーー！」

リーダー格なのか、乙姫の位置にいた老婆が、どんどん気を濃く、暗くしていく。

「我らは、神だぞお！」

それに嘆息し、

「生憎、一番神様みたいに大事なのは兄なので」

と、力を最大で放った。

叫び声をあげる暇もなく、竜宮城の彼らは消えていく。全てがいなくなった時、そこはガランとしたただの洞窟になっていた。

「……同情はするけど、困るわね」

エリカが言って、ポリポリと頬を掻いた。

「さて、どうしたものかねえ」

直が腕を組む。

「言わなくてもいいんじゃないですか。もう、あの人達はいないんですし」

首を傾げるユキに、ちょっと怠（だる）いのを我慢して言う。

「それはそうなんだが、今、どうしたもんかという意味だろ、直」

エリカとユキはキョトンとし、次いで、状況に気付いた。

「ここって具体的にどこよ」

「どうやって島に戻るんですか」

直は足元を見て、

「ここに、遺体が流れ着いたんだろう？　なら、この下に通路があるよねえ、人間が出入りできる大きさの」

と言う。

「現に、僕達もそこから入ったんだろうからな」

僕も同意したので、ユキは心配そうな顔をした。どうしても、潜って行かなければならないらしいと、気付いたようだ。

「あんまり深くない事を祈るわ」

エリカが覚悟を決め、ユキが、ゴクリと唾をのむ。

「んじゃ行くか」

「せえの」

僕達は一斉に、潜った。


白い砂浜が強い太陽に焼かれているのをチラッと眺め、僕はまた、手元の文庫本に目を落とす。

「怜、泳がないかねえ？　明日は帰るんだよお？」

「こんなに暑いのに、面倒くさい」

直はひょいと肩をすくめて、近くに座った。

穴はあの岩のそれほど深くない所にあり、僕達は覚悟の割には何という事もなしに外へ出る事ができたのだ。

翌日もう一度中を調べると、広間になっていた所には何体分もの人骨が並んで寝かされており、骨に、古い布が残っているのもあった。

それにあのドーム状の所には、流れ着いたと思しきビーチサンダルや空き缶があり、付近の漂流物は、あの岩に流れ着くような潮流になっているらしい。

すた谷——捨て谷から飛び降りた人は、死んであの岩に漂着し、定期的に入り込んでいた村民によって奥の広間に安置されていたのだろう。そして子や孫は、岩にしめ縄を張って神として拝むと共に、彼らは竜宮城に行ったのだと、言い表していたのだろう。

岩の穴は外から見ると分かり難い角度になっていたが、念の為、手頃な石で塞いでおいた。もう子孫があそこに入る事もなさそうだし、今から過去を暴き立てる必要もないだろう。

静かに眠ればいいのだ、死者というものは。

「結局、文化祭の出し物にはできそうもないねえ」

「そこだよねえ、問題は」

エリカが何か面倒くさい事を言い出すに違いない。

「まあ、部室は便利だし、割と楽しいし、ちょっとくらいなら存続の為に面倒くさいのも我慢しよう」

何がおかしいのか、直はクスクスと笑い出した。

「明日司さんのお土産買いに行くよねえ。何かいいものあるかねえ、こっちの名物」

「海産物とか妖怪のお菓子とかだな。兄ちゃんには、カニとカレイの一夜干しと妖怪サブレーにしようかと思ってるんだ。京香さんにはイカ徳利かな」

「あの人、肝臓強いよねえ」

「超合金でできてるんじゃないかな」

「それにもし京香さんが浦島太郎だったら、戻った時に年月が経っているとわかった瞬間、亀を捜し出して竜宮城に戻って、乙姫に往復ビンタかまして、慰謝料とか言って残りのお酒を全部飲むに違いないよねえ」

想像し、うんうんと頷き合う。

「やるな」

「絶対やるよねえ」

そこにエリカとユキが、メモ帳を持って現れた。

「結局これ以外で何か活動報告をしなくちゃいけません。というわけで、お化け屋敷と言われている廃墟を回るとかどうでしょう？」

「霊感を上げる滝行とかもあるわよ」

「やめてくれよ、面倒くさいのは」

僕は心から、嘆息した。

第七話　京野菜の湯葉巻き揚げ　～蠱毒の罠～

結界の中には、七つの呪物が置かれていた。そのひとつ、ひとつに、霊が封じ込められている。どれも、悪霊と分類されるものである。

では、ここはそんな悪霊を封じ込め、処理する所なのだろうか。

その答えは、ある意味正解であり、ある意味不正解だ。

そこへ術師が、八つ目の呪物を慎重に置いた。これらは、決まりの数が揃ったところで自動的に封印が解ける仕組みになっており、それまで破られる事はないし、破られた後は、ひとつになるまで結界は解かれない。

そう。この術師がしているのは、蠱毒の準備だった。

＊＊＊

お盆も近い京都はもう真夏という言葉では足りない暑さで、新幹線を降りた途端に汗が噴き出した。ＪＲ京都駅の駅舎はガラスをたくさん使っているので、明るいが暑い。だから余計にそう感じるのかもしれない。盆地特有の、夏は鍋底、冬は冷凍庫という、あれだ。

「京都か。久しぶりだな」

さっきからチラチラと周囲の女性の目をひきつけているのは、兄だ。

「僕は初めてだなあ。生八ッ橋と湯葉が楽しみ」

僕はそう言ってガイドブックに載っていた名店を思い浮かべていた。

「やっぱり、舞子さんだよう」

直はうきうきと機嫌良く言う。

「明日からの観光で行きたい所、考えといてね。さあ、タクシー拾って先生の所に行きましょ。あっついわ」

京香さんがそう言って、先に立って歩き出す。

僕もどうにか浄霊の基本はできるようになり、霊能者としてその末席を汚す事になったので、師匠の師匠に挨拶に行くことになった。それに合わせて兄もお盆休みを取って、保護者として挨拶をと、一緒に京都にやって来たのだ。直も京都と聞いて行きたがったら、京香さんが承諾してくれたので、一緒に来た。

清水寺、南禅寺、京都御所、貴船神社、鞍馬寺、伏見稲荷大社などと聞いたことのある有名な地はたくさんあり、どこに行こうかとワクワクする。

その前に師匠の師匠である津山源堂（つやまげんどう）先生だ。この世界での大御所らしいが、どんな人だろう。やっぱり酒好きなんだろうか。

考えているうちに駅前のタクシー乗り場へ着き、僕らはタクシーで先生の家へ向かった。

「鴨川だ。あ、テレビで見たことがある、床」

タクシーの窓から見える風景に声を上げれば、京香さんが解説してくれた。

「そう、『かわゆか』と言うの。貴船のは『かわどこ』。漢字だと同じだけど、読み方が違うからね」

「鴨川、噂通りだねえ。等間隔のカップル」

鴨川のほとりには、夕方になるとカップルが集まってきて並ぶのだが、きれいに等間隔になっていくというので有名だ。パーソナルスペースの問題で、実際には鴨川だけでなく色んな場所で見られるだろうが。

「ああ、あれも名物よねえ。クッ、私は並んだ事ないけどね。お兄さんは、祇園先斗町（ぎおんぽんとちょう）なんて、やっぱり行きたいのかしら」

「興味がないわけでもないですけどね。歌舞伎町辺りとは、やはり警邏（けいら）の仕方が違うのか」

「ああ、そういう……」

話しているうちに、車は大きくて古そうな門の前に着いた。時代劇に出てくる何とか藩江戸屋敷の門みたいだ。門は開いていて、中の、日本庭園みたいな庭が見えた。

「さあ、行きましょ」

先に立つ京香さんに続いて、僕らは中に入って行った。

大きなつつじや石灯籠、錦鯉の泳ぐ池、松やらもみじやらの木々、それらの間を、迷路を進むかの如く通って、母屋へ辿り着く。

「何か、この庭変な感じしない？」

失礼かもしれないが、変なものは変だ。小声で言ってみたが、兄も直も、

「そうかな？」

と首を傾げた。京香さんだけが頷いて、

「悪いものの侵入を防ぐ為に、結界を張った上で、術もしかけてあるのよ。普通の人は気付かないけど」

と説明してくれる。

「ほお。気ぃ付いたんやな、ぼん」

大きな庭石の陰から、一升瓶をぶら下げて、津山源堂先生が現れた。

酒好きの師匠はやっぱり酒好きだったな。それが僕の、津山先生に対する第一印象だった。

座敷でひと通りの挨拶を済ませ、僕と直は、孫だという大学生の清さんに裏庭の池に釣りをしに連れて行かれた。

「自宅で釣り！　いいなあ。贅沢だなあ」

「マスとスズキしかおらへんけどね。さあ、釣ってや。晩御飯に造りがあるかどうかは、二人にかかってんで」

「よし、スズキを狙おう」

「ボクはマスだねえ」

　エサの付け方から誘い方、フッキングに取り込みと何もかも教えてもらって、僕らはすっかり釣りの楽しさに目覚めてしまった。

　スズキ一匹とスズキに届かないハネ三匹、マス五匹と、夕食の食材を確保して、キッチンに持って行く。神経締めを教わってから、部屋に案内された。兄と直と三人で客室を使わせてもらい、京香さんは、内弟子時代に仲の良かった姉弟子の部屋に行ったそうだ。

　兄はもう部屋にいて、庭を見ながら考え事をしていたようだ。植木が欲しいのか。いや、仕事の事かも。

「兄ちゃん、神経締めを教わったよ。魚の鮮度が保たれて、美味しいんだって。まあ、釣ったばかりの生の魚にしか使えないけど」

「来年の合宿どこに行くか決まってないじゃないか。ボクは断然、海釣りを提案させてもらうよう。海沿いのどこかの心霊スポットでも調べておけばいいねえ」

「海釣りか。いいなあ。兄ちゃん、お土産に魚を釣ってくるからな」

「気を付けろよ、全く」

　やいのやいのと言っているとすぐに夕食だと呼びに来られ、広間に案内される。津山邸には津山先生と息子夫婦、孫の清さんの他に内弟子が五人いて、皆一緒に食事するそうだ。

　酒好きの弟子は酒好き。津山先生とその弟子は水のようにビールや日本酒を飲み、顔色も変わらない。

「怜、あれは何かの修行の成果なのかねえ」

直の言う事は尤もだ。酒豪にもほどがある。

「さ、御崎さん。遠慮せずに」

「は、ありがとうございます」

いつもは急な呼び出しに備えて、たとえ休みの日でも缶ビール一本がせいぜいだし、それもノンアルコールビールだ。警官の宿命である。

でも今日は大丈夫なので、適当なペースで飲んでいた。

僕と直は、勿論麦茶だ。

夕方頑張ったマスとスズキの刺身、京野菜の湯葉巻き揚げ、唐揚げ、レンコンと青じそとえびの天ぷら、高野豆腐、ハモの梅肉添え、きゅうりと蛸の酢の物、シジミの味噌汁。どれも美味しいが、特に湯葉巻き揚げが気に入った。

内弟子の人達は皆気さくで話しやすく、心霊研究部のエリカの幽霊好きのエピソードでは大笑いされた。

そうして賑やかしくも和やかな夕食を楽しみ、花火でもするかと、清さんと内弟子の人達と一緒にコンビニへ行くことになった。

「明日は川下りとかどうや。貴船も夏はお薦めやしなあ」

「お稲荷さんは一見の価値があるでぇ」

各々、お薦めスポットを出して、どこがいち押しか言い合っていた。ありがたい事だ。

ブラブラと歩いていると靴紐がほどけたので、しゃがみ込んで結び直す。そして、ニコニコしながら少し先を行く直達に追いつこうと歩き出しかけた。

と、右側から何か丸いものが転がって来た。手毬のようだ。何でこんな所にと手を伸ばした時、気付いた内弟子の一人が慌てて、

「それ、ヤバイ気配や！　触ったらアカン！」

と止めたのだが、時すでに遅し。僕はしっかりとそれに触れてしまい、次の瞬間には、どこか知らない山中にポツンと立っていたのである。

やけに暗く、静かで、虫の音すらも聞こえない。さっきまで頭上にあった星空もないし、気温が、ひんやりとするくらい低くなっている。

それよりもここへ立っている事に気付いてからほんのしばらく、津山邸の門をくぐった時と同じ感覚がしていた。つまり、

「結界の中？」

どうしたものか。無事に抜けられるかも心配だし、こんな山中から津山邸へ戻るのも骨だ。

「全く。面倒くさい」

僕は盛大な溜め息を吐き出した。

息を殺し、心臓の音さえ小さくなれと祈りながら、名前の知らない大きな木の陰で身を潜める。その先一メートルもない所を、恨みに支配されたであろう悪鬼のような霊がスウ

ッと通った。行ってからまだ少し待って、ようやく息を吐く。

ここがどこかの結界の中だというのは予想がついた。だが、それがどのくらいの大きさなのか、どんな条件で解けるのか、この中にさっきのようなものがどのくらいいるのか、それが全くわからない。

何体かは鉢合わせして祓ったが、数によっては、力を温存しておかなければまずい事になりそうだ。

結界が解けるまでは、周囲を常に警戒しておかなければならない。いくら週に三時間も眠れば済む無眠者だとは言え、精神的に緊張を維持し続けるのは、終わりがわからないだけに、ストレスが強い。

僕は舌打ちしたいのを堪えて、結界に入ったきっかけとなったであろう手毬の事を考えた。何で触っちゃったかなあと後悔するが、それが人間だ。だから昔、ペン型の爆弾とかが使用されたわけだし――と思っていると、また、気配が近くに寄って来た。もう少し右に寄らないと見つかるか、そう思って体重を軽く移動させただけのつもりだったのに、足元の落ち葉がかさりと音をたてる。

そいつと、目が合った。

と同時に、先制攻撃を浴びせ、最小の力で消し去る事に成功する。

だが、今のやり取りが他のやつらを呼び寄せたらしく、二つの気配がこちらに殺到する。

せめて有利な条件を整えなければと、背中から不意打ちされる心配をせずに済む所に、急いで移動した。

現れたのは、霊が一体と、実体を持つ何か。両手がダラリと長く、全体がガッシリとしていて、頭に二本の角がある。

「え、鬼？」

実在したのか？　津山先生のところで見せてもらったあやかし図鑑には載っていたが、妖怪といわれるカッパや座敷童や海坊主などが書かれており、実在するものの図鑑というよりは、昔の人が想像や伝承を記した物、という印象だったのだ。

「それより、物理的手段でないとダメとか……」

そいつらは僕を弱いエサと見たか、どちらの獲物にするのかと、まずは自分達で争いだした。

鬼は霊に殴り掛かり、その手が空を切る。

霊が鬼に邪念を吹きかけるも、ほとんどダメージはない。むしろ鬼が余計に興奮し、興奮ついでに走って木にぶつかっており、それが一番のダメージになっていた。

つまり、この鬼には物理攻撃しか効かないということだろう。

そこらを見回して、何か使えそうな物はないかと探す。何とか手首ほどの木の枝を拾い上げた時、勝負がついた。僕の対戦相手は、鬼らしい。

まずは、振り下ろしてみる。

と、ガードしてきた腕に当たって、枝は、あっさりと折れ飛んだ……。

「……」

「……ガア……」

思わずというか、僕も鬼も、黙って飛んでいく枝を見送ってしまった。

多分向こうも同じように、「え、意外ともろいな」とか思ったんだろう。

でも、我に返ってこちらに向き直った時には、殺る気に満ち溢れた目をしていた。


どのくらい時間がたったのか。

どのくらいの霊を消し飛ばし、異形のモノを狩ったのか。

感覚がマヒしたように、恐れも、驚きも、罪悪感もない。狩るたびに、なくなっていく。

霊はまだいい。いつもの感じで要領はわかっているから。問題は、鬼だった。

木の枝は折れたので、もう少し堅い枝を探して代わりにした。それも折れ、折れて千切れた鬼の腕を振り下ろした。それが消え、とうとう手ぶらになった。

幸いなのは、最初よりも、敵に遭わなくなった事。

まずいのは、武器が無い事と、弱いものから倒されていなくなっていくため、残っているのが強いものばかりになっているという事。そして、僕の力がいつまでもは続かない事だ。

ああ、疲れた。

湧き水があったので、顔を洗いたいと思った。

水を汲もうと手を水面に差し入れかけて、ギクリと飛び退る。

鬼がいると思ったら、水面に映る自分だったのだ。

久しぶりに我に返ったら、涙が出て来た。

「兄ちゃん、直、帰りたい。もう嫌だよ、面倒くさいのは」

流石に集中力も途切れがちになり、いきなり前方の茂みが揺れた時は、もう終わりかと思った。だが出て来たのは中年の男で、こちらを探るように見てから、

「人間やな」

と確認してきた。

「人も、いたのか……」

「まさかこんな子供まで巻き込まれたとはなあ。それにしては、よう生き残っとったな」

男は肩の力を抜きながら近づいて来ると、湧き水で手を洗い、笑いかけた。

「うん、ようやった。おれは長井（ながい）、霊能者や」

「僕は御崎　怜。霊能者の見習い、です。これ、結界だってことはわかるんですが、何です。どうすれば帰れるんですか」

長井さんは隣に座って、足を投げ出した。

「これは蠱毒の仕掛けや。蠱毒、わかるか？」

「何か虫とかをひとつのところに閉じ込めて、最後の一匹になるまで戦わせるとか」

「まあ、大筋それや。これを仕掛けたんは、外道に落ちて呪殺に手ェ出しとるやつやな。

悪霊や悪霊化して鬼になりかかっとるやつを集めて閉じ込めたんや」

「悪霊化……あの鬼は、悪霊化したものですか」

「そうや。悪霊化して実体まで持ったやつや。それだけやのうて、俺らみたいな霊能者もぶち込みやがった。向こうで、喰いかけの遺体、見たわ」

「……」

「スタンダードに行くんやったら、最後の一人になったら結界が解ける。解けた瞬間に、そいつを傀儡にする為に術師が殺しにかかってくるから、やっつけたらええ。でも、素直に従ったる義理はないしなあ。人間だけになったところで力合わせたら、強引に、解けるんちゃうかと思うんやけど」

　よくわからないが、先輩だ。僕より知っているだろう。

「わかりました。協力します」

「おおきに。ええ子やなあ」

「……外から、ここに結界があるとわかりますか」

「わかるで。俺はそれで、調査しとったんやから」

「だったら、結界に入る瞬間を津山源堂先生の弟子の人達が見てましたから、捜してはくれているはずです」

「ラッキー。川とかを介して、結界が綻び易くなるんや。向こうでもそこにおってくれたら、解ける可能性はないこともないで」

断言はできないのか。それでも、ましだな。

「そこの湧き水はどうですか」

「ＯＫや。順番に覗きながら、片方が警戒。これで行こ」

「はい」


長井さんと交代で湧き水の見張りと周囲の警戒を、どのくらいしたのだろうか。時間的にはとうに朝になっていなくてはおかしいのに、ここは相変わらず、暗いままだ。

霊はもう来ず、鬼が二体来ただけだ。霊が狩りつくされたのか、鬼化したのか。

「腹減ったなあ」

「ああ。忘れてた」

「何か食えるもんあらへんかな。蛇とか」

「……やっぱりお腹いっぱいです」

「嘘やん、絶対に」

水だけはあるので、空腹は水で誤魔化すしかない。

「あと何人とかわかるんですか」

「わからんのとちゃうか」

「ひたすらエンカウントを待つ？　効率悪いですね」

「悪いっちゅうたら悪いわな」

長井さんはおかしそうに笑っていたが、不意に笑顔を引っ込めた。

「でかいヤツが来よるで」

その気配は、これまでのものよりも、随分と強そうだった。

やがて姿を見せたそれは、悪意が内側から漏れ出て、周りが黒く煙ったようにも見える姿をしていた。

「なんちゅうもんを……！」

「長井さん？」

長井さんは僕の前に出、ナイフを構えながら絞り出すように声を出す。

「嵯峨(さが)さん。末席とは言え、立派な神さんや」

「神……」

「すっかり、祟り神になってもうとるけどな」

元々日本の神は、祟りを抑える為に悪霊を神にする事もある。清濁の垣根が低いのかもしれない。

それにしても、罰当たりだと思わなかったのか、これをしでかした術師は。

いや、それよりも、人が神に勝てるのか？

やや丸みを帯びたフォルムで、元は柔和だったであろう笑顔が、今は冷酷な作り笑顔にしか見えない。貫頭衣のような服から出た足は裸足で、頭は角髪(みずら)に結い、手には笛らしきものとしゃくを持っている。

「これは、斬ったるんが神さんの為やろ。バチは当たらん、安心しぃ」

長井さんは言って、蹴飛ばされたように前へ飛び出す。切りつけるも傷はつかず、腕の一振りで吹き飛ばされる。それでも即座に立ち上がり、印を結んで、右手でたたきつけた。煙のように立ち上る黒いものが少し晴れたものの、すぐに、内側から湧き出てきて元通りになる。

「チッ、腐っても神ってか」

「長井さん、こっちからの浄化とのコンボで！」

「おう、やってくれ！」

長井さんが飛び出し、それに合わせて、放つ。間髪を容れず、黒い煙が晴れたそこを狙って長井さんが切りつける。確かに傷を付けられはしたが、これではどのくらい繰り返せばいいのか。埒（らち）が明かない。

しかし仕方なく、これを繰り返す。

神に傷は増えたとはいえ、神も学習したのか、長井さんをけん制して近寄らせない。

「お賽銭（さいせん）、足りひんかったかな」

流れる血を払いながら長井さんが苦笑する。

「交代してみますか」

「アホ言え。子供を守るんは大人の仕事や」

長井さんは神を睨み付け、再度アタックをかける。

神もいい加減鬱陶しかったのだろう。思い切り両手を振り回し、突き出し、そして、

「長井さん――!!」

腹部を手で貫通された長井さんが、大地に叩き付けられた。

ゴボッと血塊を吐いて、

「スマンなあ。よう、助けたれん、かったわ……。なんとか、逃げぇ」

と、困ったような顔で笑う。

神は長井さんを取り込むように、腕を掴み、咥えた。ゴリッと音がする。

「ああ。痛覚、ないわ。ラッキー。ああ、でも、こうやって、取り込まれて、彷徨う、の、嫌やぁ……」

ぼんやりと困ったような笑いを浮かべた顔で、長井さんは動かなくなった。

ゴリゴリ、ボリ、ペッ。

神は目の前のエサに飽きたかのように、長井さんを放り出して、こちらを見た。

「ふざけんなよ。そんな神、こっちから願い下げだ。おい。ただで済ませる気はないからな」

悠々と歩いて近付き、長井さんのナイフを拾い上げる。神は威嚇するかのように両手を上げ、ユラユラと体を左右に揺らしていた。

いきなり懐に飛び込み、印なしで力をナイフに纏わせて、斬る。印を結ぶのが普通。油断していたに違いない。

そのまま、斬る、突く、斬る。

神の手が、ボタリと落ちた。逃げ腰になる神の首に切りつけ、パックリと口が開く。

やがて神は形を崩すと、端から、さらさらと消えて無くなっていった。

神を殺した。

フラフラと長井さんのところに行き、湧き水の所へ引き摺って行く。そして、吐いた血を流した。

「あれ。神を殺したというのに、意外と平気だ。何でだろう」

自分の何かが置き換わったかのような据わりの悪さが、だんだんとわからなくなっていく。湧き水に手を突っ込んだまま、吐きそうな臭いも、果てのない怒りも、何もかもが、薄く薄くなっていく。

と、

「見つけた!!」

聞いた事のあるような声がした。

同時に、大きな鬼がのっそりと現れる。敵だ。狩るべき、敵だ。

立ち上がりかけた僕に、また声が聞こえた。

「怜、そこか!!」

誰だ、それは。

「聞こえないのか!?」

それよりも、あれが。鬼が。

「おい、怜！　怜ってば！」

怜。だれだ、それ。それ……ああ、僕だ。

見下ろした湧き水には、ゆらゆらと揺れながら、兄と直が映っている。兄と、直。

「兄ちゃん、直。帰りたい」

「今皆がやってくれてる。大丈夫だよ」

「ああ、あと一匹と僕だけだ」

何となく、それがわかった。あの鬼と僕。

「ジッとしてろ、すぐに行く」

「うん」

鬼が、僕を見て唇の端を吊り上げた。あの鬼にしてみても、僕が最後だ。あれも、それがわかっているのだ。

「けじめかなあ」

鬼が突っ込んで来ようと、スタートの姿勢をとる。それに、無造作に力をぶつけた。

すると鬼の上半身が斜めにずれて落下し、パリンとガラスの割れるような音が響いて、辺りは真昼の眩しさに満ち溢れた。


水に打たれ、火にあぶられ、煙に燻され、経文を浴びせ掛けられる。自分の為とわかっていても、なかなか辛いものがある。清めの水は夏だというのにしびれるほど冷たく、護摩壇の炎は水膨れができそうなほどに熱く、香の煙は咳と涙が止まらない。それらでいい加減ボーッとなったところに正座で長時間お経を聞かされるのだ。わかっていても、辛いものは辛い。

それら一連の儀式からようやく解放されて、やっと、ホッと息がつけた。

すぐに津山先生達に保護され、神殺しの印が付いていたので、祟り避けの儀式を行って、殺した神を再度祀り上げたのである。心の底から面倒くさい。

それもこれも、この、蠱毒を仕掛けたバカのせいだ。会ったら、文句を言わずにはおれない。

それに、巻き込まれて亡くなった長井さん達霊能者の事を思えば、殴ってしまいそうだ。

のんびりと、僕、兄、直、津山先生は、食料調達にかかっていた。

「蠱毒をしかけた沢尻は、捕まえたで」

池に釣り糸を垂れながら、事件の顛末を聞いていたのだ。突然僕が消えて、兄や直ならずとも、相当慌てたらしい。それでも、すぐに何があったかを突き止め、結界の位置を特定し、綻びやすそうな所を探し、どうにか内部と水鏡という手段で繋いだそうだ。

そして他の流派とも連携して犯人を特定、捜索、確保したという。

沢尻という術師は、腕は中級ながら、ギャンブル癖があって何度ももめ事を起こし、当時所属していた流派を破門になっていたそうだ。それからは小銭稼ぎ程度の仕事でどうにか食いつないでいたらしいが、少し前に「大きな仕事が入った」と言って大金を使っているところを目撃された後、消息を消してその「仕事」をしていたらしい。

依頼人も目的もろくに知らされず、ただ蠱毒作りを行っていたという。自分を放り出した師匠や兄弟弟子たちへの意趣返しになると、久しぶりに熱心に行っていたというから、皮肉な話である。

「無事で良かった。けど、怖い思いさせてもうたなあ」

津山先生は申し訳なさそうに言った。

「いえ、僕の不注意です。こちらこそ、お騒がせしました。それより、あの手毬はどういう物なんですか」

糸に、ピクッと前アタリが来て、すぐに、ググッと引き込まれる本アタリになる。そこをすかさずフッキングし、リールを巻いて、手前に寄せてきてタモですくう。三十八センチのマスだった。

「これみたいなもんや。たまたま食いついた人間を結界に送る、その仕掛けや。悔しいけど、沢尻の作った仕掛けは上手なもんやったし、誘いも上手かったっちゅう事やな」

そう言われると、今釣り上げたマスをリリースしてやりたくなってきた。

「この池見たら、真水やと思うやろ、普通は。海が近いわけでもあらへんし、薄いいうても塩水が湧くなんか、この辺で他にはあらへんからな」

「はい」

この池は薄い塩分濃度の塩水が湧き出してできたものらしい。清さんに聞いていた。

「スズキの泳いどるんが海か汽水域やと知っとったら、とりあえずは、あれぇ、思う。思ったら、調べたらええ。一緒や。色々知っといたら、おかしいもんにも危ない事にも対処できる。怜はもっと、知らなあかんな。結界やら色んな術やら。京香の尻叩いとくけど、いつでも、ここ来たらええで。怜は、ここの子ぉやからな」

「ありがとうございます」

津山先生は好々爺然として笑い、「おっ」と真剣な様子でやり取りをして、七十センチのスズキを釣り上げた。

「フッフッフッ。わしの勝ちやな」

子供みたいに、ニカッと笑う。

「それにしても、司君も直君も、大したもんやな。神さん殺して別もんになりかけとったんを、水鏡越しに呼びかけて、止めたんやからなあ。絆が深うないとでけへんし、恐れとか疑念があってもでけへん」

「おそれいります」

兄は言って、かかった魚を釣り上げた。六十三センチのスズキだった。

「自慢の、兄と相棒なんです。本当に感謝してます」

言うと、

「怜だって同じだよう。あと、これとそれを取り換えてくれたら、もっと感謝するけどねぇ」

と、直はリリースサイズのマスを釣り上げ、笑ってみせた。

何か所か観光をして、また釣り大会をする約束をし、僕らは京都駅に来た。お土産も買い足さないといけない。乾燥湯葉と鯖寿司は買った。兄の職場への葛餅（くずもち）と、心霊研究部への水羊羹（ようかん）、自分の家用に生八ツ橋。

次に駅弁だ。たくさんあって、悩ましい。

京香さんは、地ビールコーナーに直行した。

「ブレないねえ」

「全くだな」

僕、直、兄は、それを見て清々しさすら感じていた。

「兄ちゃんも今晩飲む？　今日は呼び出しもないんでしょ？　あっちで食べた湯葉巻き揚げ作ろうかな。えびを巻いたのとか、ああ、あんかけもいいな」

「怜も今日はゆっくりしたらどうだ。夕飯は、外食でも出前でも総菜でもいいから」

「せっかくニジマスもらったし、ベーコン巻いてスモークしたら、お酒にも合いそうだよ」

それに、電話でしか知らないその声が交ざる。

「旨そうだなあ」

「え、あ、蜂谷――？」

こちらへ声をかけてきたのは、見知らぬ男だった。濃いグレーのスラックスに白い半袖シャツというありふれた恰好で、若く見えるが、その昏いような絶望したような目が老成した印象にも見せている。どこが、というわけではないが、まっとうなサラリーマンなどには見えない。

兄と直が、身を硬くした。

「へえ。ますます面白い事になってるなあ、怜君。しばらく飽きそうにないわ」

僕を見て、ニヤニヤと笑う。こっちは全く面白くない。

「何の用だ」

「ああ、お兄さん。そんなに警戒しないでくださいよ。ちょっと、顔を見に寄っただけだから。直君も」

「信用できるか」

「あれえ、悲しいなあ。そんなに信用ないかなあ」

ニヤニヤと返すのがまた腹が立つ。

「あると思いますか」

「うん、ないね」

自覚あるんじゃないか。

「沢尻のヤツも、えらく大掛かりな事をやったもんだよ。余計な事をしてくれて、ばかが。でも、まあ、坊やを巻き込んで面白くしてくれたのでチャラか」

「面白くないし、坊やじゃないです」

「神さん殺し、興奮した？」

「！」

「おお、こわ。退散、退散。あ、今度俺にもごちそうしてよ。じゃあねえ」

ヒラヒラと後ろ手に手を振って、緊張感の欠片もない様子で離れて行く。

「あれが、蜂谷か」

兄が、厳しい目で呟く。

「蜂谷が、余計な事をしてくれてって言ってたの、あれ、何だろうね」

直も、難しい顔で考え込む。

わからん。わからんものは、わからん。

「もう、今はいいや。京都旅行もこれで終わりなんだから、忘れよう」

言っていると、京香さんが重そうな小さい箱を嬉しそうに下げて戻って来た。

「あ、御崎さん。京都のブルワリーはお薦めですよ、ふふふ」

いつも通りで、ある意味ホッとする。

「牛すじのトロトロ煮込みとか、唐揚げとか、チキン南蛮とかも合いそう。怜君、作ってよ」

「はいはい」

「でも夏はダイエットもしないといけないわね」

面倒くさいな、もう！

第八話　疲労回復トリのトマト煮　～絆と祈りと大切なプレゼント～

ベージュか、青か。いや、いっそ別の物に替えるか。

通販の雑誌をめくり、戻り、考え込む。

僕は銀行に来ていた。いつもはＡＴＭなのだが、夏休みなので店舗の開店時間内である午後に来ることができ、珍しく窓口に並んでいた。そして待っている間にふと目に入った雑誌を開いたら、真剣に悩みまくる羽目に陥っていたのである。

隣でチラッと、それが二十代半ばから三十代の大人の男性向けファッション誌であると見て取ったサラリーマンは、「背伸びしたい年頃なんだな」と見当外れの予想をして微笑ましく思っていたようだが、全く違う。もうすぐ――と言っても、まだ月単位で先だが――来るクリスマスに兄に贈るプレゼントについて、悩んでいるのである。

去年は手袋で、誕生日にはスマホケースにした。その前は室内スリッパで、誕生日にはセーターにした。バイトもできない年だったし、お小遣いを遣り繰りしてのプレゼントだったので、そう高価なものはできなかったが、今年は違う。最初は安全に生活する為に霊との付き合い方のノウハウを学ぼうと、仕方なく霊能者の助手兼弟子というバイトを始めたのだが、バイト代も入り、これで今年からは兄にいいプレゼントを買えると思うと、嬉しくてたまらない。

　このネクタイが似合いそうだけど、こっちのページのカバンもかっこいいし。ううん。悩んでいると、不意に、パン！　という音と甲高い悲鳴がして、

「全員動くな！」

と、覆面をして拳銃を持った男二人組が銀行に押し入って来た。

「全員両手を上げろ！　おい、そこのお前！」

「両手を上げたらページがわからなくなるじゃないですか！」

　反論したら、拳銃を突き付けられた。

　ああ、いかん。プレゼントの事に集中しすぎていた……。

　そして気が付けば、銀行強盗の人質というものになってしまっていたのである。


　テレビで見た事はあっても、実際には見た事がないし、あった事は勿論ない。シャッターを下ろし、カーテンも閉め、行員と客は、ロビーの端で一塊にして見張られていた。

　犯人はお金をカバンに詰めさせて逃げようとしたのだが、たまたま巡回中の警官が立ち寄って見付けてしまい、逃げ出す事ができなくなったのだった。それで、人質は集められ、銀行の周りは警察に包囲され、犯人はイライラオロオロとしているのである。

　ああ、今晩のおかずは煮魚で、もう帰って料理に取り掛かりたいのに、面倒くさい。と

か考えていたら、犯人に察せられたのか、なぜか睨まれた。

「クソッ」

目出し帽を乱暴に脱いで、カウンターに叩き付ける。

「どうする、シゲ」

「……何か考えろよ、タイ」

彼らが何か言うたび、するたびに、人質の大半が怯え、それにまた犯人がイラつく。

シゲもタイもまだ若く、タイはホスト的な優男顔で、シゲは盗んだバイクで走り出す感じのやつだ。どちらも、そう理知的には見えない。あまり何も考えずに行き当たりばったりで犯行を犯しただろうタイプだ。

しかし僕の気になっているのはそこではない。タイの後を若い女の霊が付いて回っている事だ。そして、姿は見えないがもう一体、女に重なるようにして、そこにいる事だった。

カウンターの中で、電話が場違いなほど軽やかな音で着信を告げた。

「はい」

シゲが出る。

「もっと離れろ。離れないと、人質を撃つ」

お決まりのセリフが出た事を思えば、やはり警察かららしい。

「病人？　んなもん……」

シゲが、人質の方へ目をやる。

一人が手を挙げて、

「すみません、腎臓が悪くて。透析の時間なんですけど……」

と恐る恐る申告した。

「おう、仕方ないな」

「私は抗がん剤の予約の時間なんですけど」

「大変だな、あんた」

「さっきからちょっと、痛み出して……。陣痛かも……」

「それは大変じゃないか！」

と、数人が解放されていく。

こいつらって、意外といい奴なんじゃ……。

「面倒くさいから帰りたいって、いいと思います？」

「だめだろ、そりゃ」

「じゃあ、そろそろ兄に会わないと死んでしまうとか」

「それはそれで病気かもしれないけど、だめだろ」

隣になったサラリーマンと小声で話していたら、背後に誰かが立った。振り返ると、タイだった。

「あ……」

「何楽しい話してんの、ああ？」

ああ、面倒くさい。

さて、どうしようか。しばらく様子を見て、あの霊の事を探った方がいいかな。

タイは何か言うべきか迷ったようだが、結局、無視することにしたようだ。

「お気遣いなく」

時計を見たら、もう七時だった。

スマホは先に取り上げられて連絡できなかったが、ここに僕がいる事を、兄は知っているだろうか。

そんな事を考えていると、電話が鳴る。

「はい。――ああ、そうだな。入り口まで持って来い。もう何でもいいから」

それで、玄関まで受け取りに、僕とサラリーマン、見張りにタイが行く事になった。

「タイさんって、結婚してるんですか」

話しかけてみた。

「してねえけど」

「じゃあ恋人とかは」

「いたけど……何だよ」

「いや、ええっと、もてそうだと思って」

「へへ、まあな」

バカだな、こいつ。

勝手に照れるタイを横目で観察する。

「例えば、髪が長くて、細目で、ちょっと寂しそうな感じの、二十代半ばくらいの人とか」

タイは急に酸っぱいものを食べたような顔で黙り、サラリーマンはわけがわからないという顔で、僕とタイを交互に見る。

「いいから、黙って歩け」

はあ。円滑なコミュニケーションって難しいな。直は凄いなあ。

少し開けたシャッターから外に出ると、機動隊がズラリと並び、奥に報道のカメラが並んでいた。

機動隊の盾が乱れ、兄が顔を出す。

ああ、来てたんだなあ、と思った。

「タイさん、これを運ぶんですね」

足元に、ビニール袋が置いてある。

「そうだ、運べ」

サラリーマンと分けて持ち、中へ戻る。

こんな時、簡単に人質を害さないよう連帯感を持たせる為に、食べ物や飲み物は、皆で分けるものがいいと本で読んだ。アメリカでは、ピザと大きいサイズのペットボトルのコーラとか。袋の中は、稲荷寿司がズラッと並んだパックと、太巻きがズラッと並んだパック、サラダ巻きがズラッと並んだパックに、ペットボトルのお茶、割り箸、紙皿、紙コップだった。
炭水化物率が高い食事を、皆で皿に分け合ってとり、壁に凭れるようにして黙って座る。

「さっきの質問、どういう意味？」

サラリーマンが隣から、小声で訊いてくる。

「場を和ませようかと思いまして」

「いやに具体的だったけど」

「そうですか？」

返しながら、タイを窺い見る。付いて回る女の霊が、そういう見かけなのだ。

タイは明らかに、知っていたし、後ろめたい感情を持っているように見えた。今も黙って考え込むようにしており、女は、ピッタリと張り付くように傍に立っている。

と、女が、タイに向かってニィッと笑った。

突然、タイの持つ拳銃が暴発し、タイの腕をかすめた。

人質だけでなく、シゲ、タイも驚いている。

「どうした!?」

「ぼ、暴発した、すまん」

タイは言いながら、首を傾げ、拳銃を離れた所に置いておこうと、カウンターの端に置いた。

今、不可解な流れがあった。どうも女は、タイを殺す気らしい。しかしもう一体の見えない霊体が、タイを守ろうとしているようだ。

よく似た波動で、女が相反する気持ちに二つの力を使ったと、とれないでもない。

かなりリラックスしていた雰囲気だったが、また、人質が怯え始めた。

そして、シゲとタイも、イライラを取り戻した。

「騒ぐな。大人しくしていれば、何もしない」

言いながらタイが、窓の外を覗こうと、壁伝いに窓に寄って行く。

と、当たりもしていないのに、重厚そうな本棚が倒れた。

ドーンという音の余韻がすっかり消えてから、ギリギリ下敷きから逃れたタイは、青い顔で、

「あっぶねえ」

と言った。

また、二つの力だ。

気になる。

「落ち着いてるね、君」

「顔に出ないだけですよ」

シゲの、

「静かにしてろ」

という命令に従ってジッとしながら、僕は答えた。

電気は消えており、表の入り口に続くドアの前に、ドアを塞ぐようにして、人質が座らされていた。そしてカウンターの中でシゲとタイは座っていた。

かかってきた電話に、

「何でもない。本棚が倒れてきただけだ。――ああ。それより、逃走用のヘリを用意しろ、いいな」

ヘリなら逃げられると思っているのだろうか。おめでたいやつだ。特にその女は、どこまでも付いていくぞ。

ピリピリした空気のまま電話を切り、シゲは、「クソ、クソ、クソ」と机を蹴りつける。

タイは頭を掻きむしり、疲れ切った様子で、

「ちょっとトイレ」

と、部屋を出て行く。

すると、すぐに、

「うわあああ！」

と声がして、全員が何事かと、そのドアの方を窺う。

しばらくすると、タイがよろよろと戻って来、

「階段で誰かが足を引っ張った」

と、青い顔で言った。

「バカ言うな。誰も行ってないぞ」

「でも、ほら！」

めくりあげたズボンの左足首には、クッキリとした手形が残っていたのである。

「何かいるんじゃないか、ここ」

「何かって何だよ」

「幽霊とか」

「幽霊なんて、そんなもん……」

シゲとタイが行員の方を見ると、行員らは揃って、

「そんな話は聞いた事もない」

と首を振った。

「でも、こうして──」

「お前じゃないのか」

「え？」

「この銀行じゃなくて、お前に憑いてるんじゃないのか、タイ」

シゲが、後ずさりながら言った。

少しずつ後ずさるシゲに、タイは心細そうな、怯えたような顔を向け、

「俺に？　どういう事だよ、シゲ」

と、歩を進める。

「こ、こっちに来るなよ」

シゲはその分だけ、下がる。

人質達は、新たな恐怖に身を硬くしている。

と、タイが思い出したように、こっちを向いた。

「そうだ。お前、変な事言ってたな」

タイが僕の方へツカツカと歩み寄り、僕の周りの人質は、ギョッとしたように距離を作った。

「変な事ですか」

「おう。髪の長いとかなんとか、まるで、千春を知ってるみたいな……」

千春、ね。

タイが「千春」と口にしたら、女、千春さんは顔を少し上げた。

「千春を知ってるのか、お前」

「いえ、知りませんが……どういう方ですか」

タイは疑うように僕を見ていたが、やがて、視線を彷徨わせて喋り出した。

「付き合ってた女だよ。田舎から出て来た、地味で、パッとしない女だったよ。ＯＬをしてて、金に困ったら、よく回してくれて。俺がアパート出て転がり込んでも、文句言わずに、小遣いまでくれて。でも、暗くてつまらない、冴えない女だった。だから、もっと金持ちの娘と知り合って、結婚しようってなったから、捨てたんだけどな。どこでどうしているかなんて、興味もない。でも、この前その金持ちの女ともつまらないケンカをして、なんでかな、別れる事になって、カッとして、金を持ち出して……」

最低なヤツ、という目が、タイに集まっていた。

そして千春さんは、無表情でジッとタイを見たあと、後ろからタイに抱き着いて笑った。

「ああ。千春さん、離したくないのか」

千春さんは笑いながら、僕を見た。

「何いってんだ、おい」

タイはキョトンとしながらも、どこか怯えている。

「一緒にいたいそうですよ」

「は？　だから、何――千春、死んでんのか？」

「……」

「そんなの知らねえよ、関係ないだろ⁉」

千春さんが、タイの顔を覗き込む。

「千春はただの、便利な女だったんだからな！」

その途端、千春さんの両目が吊り上がり、両手がタイの首に回る。

「千春さんに謝れ！」

「そうだ、謝れ！」

聞いていた女性が、千春さんは見えないものの、タイの言い草に怒った。

「なんてひどい！」

「金持ちの女に振られたのも、千春さんを捨てたバチが当たったたんだよ」

次々と怒りの声がタイに向けられる。

「な、なんだよお、俺が悪いのかよ？」

タイは狼狽えている。

「そうだ。もしかして、千春さんは妊娠していませんでしたか」

「はあ!?　知らねえよ！」

千春さんはハッとしたように、自分の腹部を見下ろした。

「ああ、いたんですね」

「何で!?」

「いたんですよ。ちゃんと産みたかったんですよ、千春さんは」

シゲはどうしていいのかわからず、困り切ったように立ち尽くしていた。タイは、背後に千春さんがいるのかと、振り返ったり、見回したりしている。

「千春さん、だめですよ。お母さんなんですから」

千春さんは両手を自分の腹部に当て、ウットリと笑う。そして、顔を上げ、頷いた。

「逝くんですね」

頷く。

確認し、浄化の力を放つ。

すぐに千春さんは光に包まれ、崩れるように消えて行った。

が、そこに残ったものがある。

「……乳児……」

その姿は皆に見えるらしく、全員、床の上に残された乳児に目が釘付けになっており、その子の泣き声が響き渡った。

「な……」

タイは、呆然とその子を見つめている。

「千春さんがタイさんを連れて行こうと……つまり殺そうとするたびに、その子が守っていたんですよ」

タイは戸惑ったように子供を見ていたが、このままにしてはおけない。

「親子の対面もしたし、その子も逝かないと、迷いますから」

しかし、それを聞き入れる気がないように、子供はタイから離れようとしない。

「お母さんが待ってるわよ」

人質から声がかかるが、泣くばかりだ。

それに比例するかの如く、タイの顔色が悪くなっていく。

「あ、生気を吸ってるのかな」

「なんだと!?」

「だって、お腹空いたんでしょ」

当たり前のように、中年女性が言った。

「は、祓ってくれ！　できるんだろ!?」

「凄い負担がかかるんですよ？　乳児なのに、かわいそうじゃ」

「俺はかわいそうじゃないのかよ！」

まあ、あんまり……。

とは言え、このままではこの子もかわいそうだ。

祓うかあ、と手を上げた時、初老の女性が言った。

「せめて名前を付けてあげなさい。名前は、生まれてきて最初に親からいただく、最高のプレゼントなのよ」

「名前？　名前……輝善(てるよし)。俺が田井勝善(たいかつよし)だから、子供には善の字を付けようと昔から決めてた。だから、輝くような未来があるように、輝善」

その途端、輝善と名付けられた子供は嬉しそうに笑うと、光に包まれ、サラサラと消えていった。

全員、力が抜けたように、その場で座り込んだ。

「お父さん、しっかりしないと」

初老の男性に肩を叩かれてタイが泣き出した後、突入してきた警官は、想像になかった雰囲気に、戸惑うように立ち尽くしていた。

　人質になっていた僕たちは無事に解放されて、警察署で各々事情を訊かれたり中であったことを訊かれた。正直面倒くさいし、家に帰りたい。

　それでも、霊関係については僕しか証言できないので、仕方が無い。

　ようやく終わったと思って廊下に出たら、兄と、心配してくれたのか京香さんと津山先生、それと知らない若い男がいた。

「兄ちゃん――と、京香さんと津山先生。ご心配おかけしました」

　軽く頭を下げると、京香さんが笑って軽く息を吐く。

「テレビを見ていたら中継が始まって、近所でしょ。しかも怜君が差し入れを取りに出てくるんだもの。驚いたわよ、もう。でも、無事で良かったわ」

　津山先生も笑って何度も頷いた。

「ほんま、びっくりしたで。無事に全部終わって良かったわ」

「ご心配おかけしました。あのタイに憑いていた女性と胎児の霊も無事に祓いました」

「そうか。うんうん。ようやったなあ。この調子やと、計画通り、こっちのことは心配ないやろ」

　何のことかはわからないが、津山先生はうんうんと機嫌良く頷いている。

「警視、これが弟の怜です」

知らない男に兄が僕を紹介し、

「怜、こちらは徳川一行警視だ」

と僕に続ける。

「初めまして。御崎　怜です」

偉い人なんだな。

「こちらこそ初めまして。徳川一行です。よろしく、怜君」

徳川さんはインテリ然とした感じで、兄より少し年上くらいか。笑みを浮かべながらも、観察するような目を向け続けている。

「発表はまだ先やけど、霊能者で協会をつくることになってな。警察にも霊関係の新部署ができるんやけど、協力していくんや。その話を詰めるんに来てたんや。はぐれの術師とかを把握しやすうなるやろし、こういう時も、胡散くさう思われんようにな」

へえ。

「私がその部署の設立を強く推しましてね。責任者になる予定です」

徳川さんが言うと、京香さんはなぜかひどく動揺し、

「よ、よろ、よろしくおねがいします」

と言う。

ああ、タイプなんだな。実にわかりやすい。

「それに、霊能者を国家試験で免許制にしてな、霊能師て呼ぶ事にするんや」

「試験とは、実技ですか」

「実技はいるなあ。見る、聞く、祓う。でも祓えたらええ、いうのんもなあ」

津山先生は嘆息し、なぜか京香さんもガックリ肩を落とした。

「すみません、先生……」

「ええっと、じゃあ筆記とか面接とかもあるんですか」

「ああ、それはなあ。悪い事に力を悪用しそうなんは困るし、最低限の常識とかもいるしなあ」

「そうですね」

「知らん事は調べたらええ、言うても、ある程度は知っとかなあかんやろ。例えば、依頼主に説明する時や。どうやって浄霊するんか訊かれたら？」

「何か力を、グーッとして、ギューーッとして、バアーッとする」

「……え、それ、冗談やろ」

津山先生が目を丸くした。

「え？　そうとしか聞いてないから、固有名詞がわからなくて……」

「……京香？」

僕、兄、津山先生、徳川さんは、同時に京香さんを見た。京香さんはエへと笑って、

「説明するの苦手だもん」

と答えた。

「浄霊で使う力、何ていうんや、京香」

「そんなのに名前がありましたっけ？」

「……あかん……。わしは師匠失格や……」

津山先生が一気に老け込む。

「先生、元気出してください」

「京香、お前のセリフやない」

その後解散となり、京香さんは津山先生に連れて行かれた。補習かもしれないな。

そして僕と兄はようやく家へ帰り、改めて中であったことを話すことになった。


語り終えて、鍋の火を消す。

「兄ちゃん、そんなにくっついてたら、危ないよ」

兄は、ああ、と言って一歩離れた。

一歩って。

「霊関係は、心配だが、ある種避けられないのかという思いもある。でも、銀行強盗に巻き込まれるというのは、考えてなかった」

「ごめん」

「怜は何としても、俺が守る。そう決めた」

「でも兄ちゃんの仕事は色々危ないだろ、それこそ、僕よりも」

「……内勤に変わってもいい」

「今が生き生きしててかっこいいから」

「そうか」

「ご飯にしよう」

今日は、疲労回復トリのトマト煮、きんぴらごぼう、アサリのリゾットだ。トマトのリコピンは抗酸化作用に優れ、鶏の胸肉は疲労回復に期待できる。

盛り付け、テーブルに運んで、手を合わせる。

「ん、美味い」

「それにしても、今回は色々と勉強にもなったなあ」

「絆に、名前か」

「大したもんだね。そう言えば、お墓参り、行ってないね」

「次の休みにでも行くか」

「うん」

大切なものは、見えない。でも、確かにそこにあるのだろう。

エピローグ

僕が生まれて初めて体験した葬儀は、両親のものだ。兄は大学四年生、僕は小学四年生だった。

その二日前、留守番をしていたら両親が事故に遭って心肺停止状態で担ぎ込まれてきたと病院から連絡があり、兄と急いで病院へ駆けつけたのだが、それ以降、とにかく慌ただしかった。

わからないことばかりで、実感もないまま、葬儀の日を迎えた。

並んだパイプ椅子に座り、両親の大きな写真とたくさんの花で飾られた二つの長細い箱を見ながら、本当にあそこに両親がいるのかと、半信半疑でいた。

親類はもういないということだったが、両親の知り合いや僕や兄の友人が来てくれた。

その中に、泣きながら土下座をする人がいて、誰かと思っていたのだが、後から、加害者の親だと大人たちの噂で知った。

相手はかなりスピードを出していて、ぶつけられた両親の車は何度も横転してから塀に押しつけられ、加害者の車で更に押しつぶされる形になったらしい。加害者は事故に驚いて、アクセルを踏み込んだまま固まっていたそうで、そちらは足を折っただけだという。直の両親や兄の友人たちに促されて葬儀場を出て行き、兄は硬い表情のまま、それを見送っていた。

それから、歌のようにも聞こえる読経を聞き、二つの箱は、二つの白い壺になった。

お骨拾いは僕と兄の二人だけで、火葬場が家から近かったので、二時間待つ間、家に帰ることになっていた。

兄はいつもよりも口数が少なく、つないだ手は、冷たかった。

背広を脱いで手を洗い、うがいをする。

リビングに戻ると、兄はソファーに座り込んで、ぼうっと天井を見上げていた。

「兄ちゃん」

呼びかけると、兄ははっとしたように僕を見て、少し笑みを浮かべた。

「ああ、すまん。お腹空いたな。朝にパンを食べたきりで、もう一時だもんな」

言いながらシャツの袖をめくり上げ、炊飯器を開けた。

「おにぎりしかないけど、いいか、怜」

「うん」

兄はいつものように、おにぎりを握り始めた。休みの日の昼間など、たまに母が出かけていていない時は、おにぎり、ピザトースト、ラーメンやうどんなどの簡単なものを兄が作ってくれた。兄のおにぎりとピザトーストが、僕は特に大好きだ。ピザトーストはチーズがたっぷりだし、おにぎりには中にミートボールなどを入れてくれる時があるからだ。

　僕は不安で、兄にぴったりとくっついていた。ある日両親が帰ってこなくなるように、兄まで帰ってこなくなったらどうしよう。そんなふうに考えたら、怖くて怖くて仕方が無かった。

　兄は、

「甘えん坊だなあ、怜は」

　と言いながら、いつものようにおにぎりを握る。でも、いつもよりもぎゅっと、力一杯握っているのがわかる。

　やがて、おにぎりを握り終え、お皿をテーブルに運んで行こうとして、迷うように兄は足を止めた。

「兄ちゃん？」

　見上げると、兄は僕と向かい合って見下ろしてきた。

「これからは二人になるけど、怜のことは兄ちゃんが絶対に守るからな」

「うん」

　声が震えている。

　それで僕は気付いた。

　そうか。兄ちゃんも不安なんだな、と。

　それで、決めた。

兄ちゃんを困らせないようにしよう。兄ちゃんを助けよう。

「兄ちゃんは、僕が守るね」

兄は顔をくしゃりと歪め、床に膝を突くと、肩に額を乗せて、僕を抱きしめた。

肩も、僕の肩を掴む腕も震えていた。

しばらくして顔を上げた兄は、笑って言った。

「頼むな、怜。さあ、食べようか」

ソファーにピッタリとくっつくようにして座ってかぶりついたおにぎりは、いつもより も硬く、塩辛かった。


久々の睡眠で、懐かしい夢を見た。夏休みももう終わるからと新学期の準備をしていて、ふと、小学一年生の時の夏休みのことを思い出したのだ。夏休みの宿題で朝顔の観察日記があったのだが、肝心の朝顔が枯れたために書けず、親子四人揃ってどうしたものかと右往左往したのだ。それでそんな夢を見たらしい。

それで何となく、今日の昼ご飯はおにぎりになった。おかずは、だし巻き卵、きんぴらごぼう、ほうれん草のごま和え、やっこ。

卵を焼いていると兄が来て手伝ってくれ、おにぎりを握ってくれた。

のりを巻いて、皿にのせる。

仏壇にも供えて、手を合わせた。

「夏休みももう終わりか。一学期は色々あったな」

兄がふとそう言う。

「あったなあ」

思い出せば、遠い目になってしまう。面倒くさいことはなるべく避け、安全な毎日を送りたいのに、春の体質変化以来、危ない、どうかすれば死にそうな目に何度も遭っている。

おかしいな。

「これまでみたいにそんなに危ないことも、そうそう起こらないだろう」

「そうだな」

頷きあって、テーブルに着く。

どこかたかをくくって安心していたのか。これ以上の面倒事などそうそうあるはずもないと思っていた。

この後更なる面倒が降りかかり、更に体質が変化してしまうなど思いもよらなかったし、我が家に人以外の来客が激増することになろうとは……。

「いただきます」

僕も兄も同時におにぎりを手に取って、かぶりついた。

「うん、美味しい」

今日も兄と一緒のご飯が美味しい。

あとがき

JUN

ウェブ小説から、または拙作『若隠居のススメ』から読んでくださっている方は、こんにちは。そして初めての方は、初めまして。JUNと申します。

初めましての方のために、自己紹介を。物心の付く前から本が好きで、食べ物の好き嫌いはあれど、本の好き嫌いはありません。どこに行くときも本持参。本読みたさに、まだ死ねない、死んだら成仏せずに図書館の地縛霊になりたいと考える本の虫ことめがねです。

この話は、ウェブ小説というものがあると知り、それでは挑戦してみようと思って最初に書き始めた作品です。ウェブでは、主人公の怜が高校入学直後から三十二歳の十二月までを、基本的に話ひとつで一ヶ月という時間経過で進む本編、小さい頃の短編をちびっこ編としており、この本では、高校入学直後から夏休みまでの期間になります。削った話も、新しく書いた話もありますし、時勢の変化などで変更した点もありますが、何と言っても一番の変更は題名でしょう。当時の題名は『体質が変わったので』。その頃から何人かの読者の方に、「題名から中身がこういう話だとはわからなかった」と言われたことがあり、書籍化のお話しをいただいたときに改題をと言われ、やっぱりそうか、と納得したことを思い出します。

主人公の怜は、最初は兄と親友くらいしか大事なものもなかったのですが、ひょんなことから幽霊が見え、会話することができるような体質に変わったことで、たくさんの人や幽霊と交流することとなります。それにつれて、世界が広がって行くことになり、大事なものも増え、色々な感情にも触れ、人として成長していくことになります。

怜と兄の司はどちらもブラコンで、互いを常に気遣っています。その大事な兄のためにと、好みは当然、体調管理も季節も考えて日夜怜は料理に励みます。なのでここに登場する料理は、家庭料理がほとんどです。

これらの料理はどれも皆我が家の定番メニューで、美味しいことは請け合いです。彼らの成長を見守り、楽しむと共に、彼らの食卓も楽しんでいただけたら嬉しく思います。

思い入れの大きい作品です。書籍という形になり、感激もひとしおです。

優しさあふれる素敵なカバーイラストを描いてくださった細居美恵子様、ありがとうございます。御崎兄弟の温かいやりとりが聞こえてくるようです。お話を下さり、新しい題名を一緒に考え、新しい命を与えてくださった宮尾様はじめ関係者の皆様、ありがとうございます。御尽力、本当に感謝いたします。そして、この本を手に取ってくださった皆様。本当にありがとうございます。

この先も彼らの毎日を見守ってくださると、大変嬉しく思います。

ありがとうございました。

本作は小説投稿サイト「小説家になろう」に掲載された作品を改稿し書き下ろしを加えたものです。

本作品はフィクションです。実際の人物や団体、地域とは一切関係ありません。

若隠居のススメ
の、はず
ペットと家庭菜園で
気ままなのんびり生活。
《5》
JUN
ill. LINO
WAKAINKYO
no SUSUME

「最後の医者」シリーズ②

二宮敦人
最後の医者は
雨上がりの空に
〈上〉
君を願う
なぜ、人は絶望を前にしても
諦めないのか？
TO文庫
イラスト：syo5

「最後の医者」シリーズ③

二宮敦人

The Last Doctors Think of You Whenever They Look Up to Cherry Blossoms.
written by Atsuto Ninomiya

最後の医者は雨上がりの空に君を願う〈下〉

全ての人は誰かを救うために生まれてくる。

TO文庫

イラスト：syo5

「最後の医者」シリーズ漫画

鍵は古来より伝わる風土病？
村の壮絶な過去を知る時、
日本中が「鬼」の恐怖に侵される！
驚愕の真相を掴み、
あなたはこの物語から抜け出せるか!?

たった一度のウソで
人生の全てが
崩れ落ちる

原作小説
TO文庫
定価：本体700円＋税
ISBN978-4-86472-880-5

映画化！
主演：村重杏奈
www.demon-virus.movie

2025年1月24日より全国公開！

TO文庫

御崎兄弟のおもひで献立
～面倒な幽霊事件簿のはじまり～

2025年3月1日　第1刷発行

著　者　ＪＵＮ
発行者　本田武市
発行所　TOブックス
〒150-0002 東京都渋谷区渋谷三丁目1番1号
ＰＭＯ渋谷Ⅱ　11階
電話 0120-933-772（営業フリーダイヤル）
FAX 050-3156-0508

フォーマットデザイン　金澤浩二
本文データ製作　TOブックスデザイン室
印刷・製本　中央精版印刷株式会社

Printed in Japan ISBN978-4-86794-486-8